좀
도
둑

가
족

# 좀도둑 가족

万引き家族

고레에다 히로카즈 장편소설 / 장선정 옮김

비채

1장

고
로
케

작년 여름, 쇼타는 처음으로 그 여자아이를 보았다.

오층짜리 낡은 아파트 단지 입구에 은색 우편함이 줄지어 있고, 그 아래에는 어린이 자전거와 버리는 것조차 잊은 박스가 방치되어 있었다. 여자아이는 벌이라도 받는 듯 그곳에 앉아 지나가는 사람을 바라보고 있었다.

그 아파트 단지는 쇼타와 아버지가 매주 한 번씩 다녀오는 '신선마트'라는 슈퍼마켓과 집의 한가운데에 있었다. 옛날에는 조금 더 하얬을 외벽에 금이 갔고, 금을 가리려 새로 칠한 흰 페인트 때문에 외려 거뭇하게 탄 때가 강조되었다.

"볼품없이도 해놨네. 아마추어냐."

건물 외벽을 올려다보던 아버지 오사무가 쇼타를 팔꿈치로 툭 치며 말했다. 아버지는 예전에 페인트칠 일을 한 적이 있는 듯하다.

"왜 그만뒀어?" 쇼타가 물으면 오사무는 언제나 "높은 데에 약하거든"이라며 웃었다.

아버지는 이 단지를 '공단'이라 불렀다. 어머니 노부요는 '도영'이라 불렀다. 어느 쪽이 맞는지 둘은 무슨 차이가 있는지 쇼타는 알지 못했다. "집세 완전 싸대" 하는 노부요의 말끝에는 질투와 업신여김이 섞인 차가운 웃음이 동반될 때가 많았다.

수요일마다 슈퍼에 가는 목적이 딱히 쇼핑은 아니었다. 그것은 시바타 가를 지탱하는 중요한 가업이었다. 수요일에는 특판 이벤트가 있어서 특히 손님이 많았다. '포인트 3배'라고 가게 곳곳에 광고지가 붙지만, 평소보다 얼마나 이득인지 쇼타는 알 수 없었다. 쇼타와 오사무가 슈퍼 안에 발을 들이는 때는 수요일 오후 5시. 저녁거리를 마련하려는 사람들로 가게가 좀 더 번잡한 시간대를 노린 것이었다.

일기예보에서는 아침부터 2월 역대 최저기온을 갱신할 만큼 지독하게 춥다가 저녁에 눈이 올 거라고 호들갑을 떨었다. 집에서 슈퍼로 가는 십오 분 사이, 손끝이 얼어 감각이 없었다. 쇼타는 장갑을 낄걸 그랬다며 후회했다. 이래서는 일을 할 수 없다.

쇼타는 슈퍼 입구에 들어서자마자 우뚝 멈춰 섰다. 매장 안을 둘러보며 주머니 속에서 다섯 손가락을 바쁘게 움직여 조금이라도 빨리 평소의 감각을 되찾고자 했다.

오사무가 몇 발 늦게 들어와 말없이 쇼타 옆에 섰다. 서로 시선은 주고받지 않는다. 그것이 일의 시작을 알리는 두 사람의 암묵적인 룰이었다.

오사무는 입구 옆에 있는 시식용 귤을 집더니 '음' 하고 입속으로 중얼거리고는 쇼타를 보지 않은 채 절반을 건넸다.

받아든 귤에 손바닥이 시렸다.

겨우 온기가 돌기 시작한 손을 보호하려는 듯 쇼타는 귤을 한입에 먹었다. 입속에 신맛이 퍼졌다. 역시 시식용은 달지 않다.

둘은 누가 먼저랄 것 없이 얼굴을 마주하더니 매장 안쪽으로 나란히 걸어 들어갔다. 오사무는 한 손에 파란색 장바구니를 들고 청포도를 집어 들었다. 노르스름한 연둣빛이 고급스러워 보였다.

오사무는 "씨가 있으면 먹을 때 귀찮아"라며 송이가 작고 적자색을 띤 포도만 먹었다. 쇼타는 그 포도가 제일 싸기 때문이라는 걸 알지만 말로 한 적은 없었다.

하지만 오늘은 가격을 신경 쓸 필요 없다. 오사무는 청포도 두 팩을 바구니에 넣었다. 곧장 더 들어가면 육류와 생선을 파는 신선식품 코너가 나온다. 왼쪽으로 돌면 컵라면, 과자 코너이다. 둘은 거기서 언제나처럼 가볍게 주먹을 맞부딪고는 다른 방향으로 찢어졌다. 쇼타는 천천히 왼쪽으로 돌아 목표물로 정한 과자 진열대 앞에 멈춰 섰다. 발치에 배낭을 내려놓았다. 배낭에 매달린 비행기 모양 열쇠고리가 흔들렸다.

쇼타의 얼굴 앞에 있는 거울에 점원 한 명이 비쳤다. 지난달에 갓 일하기 시작한 아르바이트 청년이다. 저 남자는 괜찮다. 문제없다. 위치를 확인하고 왼쪽을 보자 가게를 한 바퀴 둘러보러 간 오사무가 돌아오는 참이었다. 오사무는 손가락 세 개를 세워 보이고는 점원이 각각 어느 위치에 있는지 알려주었다. 쇼타는 작게 고개를 끄덕였다. 손끝을 서로 가볍게 맞대고 집게손가락을 빙글빙글 돌린 다음, 왼손을 들어 입을 맞췄다.

쇼타는 왼손잡이이다. 쇼타는 '일'을 하기 전에 오사무에게 배운 이 '의식'을 반드시 치른다.

거울 속 점원을 주시하면서 스스로 축복한 왼손을 신중하게 초콜릿으로 뻗었다. 소리를 내지 않고 초콜릿을 잡은 뒤 아래를 보지 않은 채 지퍼를 열어둔 배낭 안으로 떨어뜨린다. 그 미세한 소리는 매장 안 음악과 소음에 덮였고, 점원은 물론 많은 손님 중 누구 하나 눈치채지 못했다.

시작부터 느낌이 좋다. 쇼타는 다시 배낭을 매고 이동한다. 오늘 일의 메인은 컵라면이었다. 쇼타는 자기가 제일 좋아하는 매운 돼지김치라면이 늘어선 진열대 앞에서 멈춰선 뒤 다시 배낭을 발치에 내렸다. 하지만 진열대 사이 좁은 통로에 있는 점원이 도통 자리를 뜨지 않았다. 그는 중년의 베테랑으로, 상당히 무서운 상대였다.

"저 녀석을 혼자 제칠 수 있으면 너도 다 큰 거야"라는 오사무의 말에, 쇼타는 그와의 대결을 오늘 '일'의 클라이맥스로 삼았다. 하지만 그는 좀처럼 틈을 보이지 않았다.

이 이상 장바구니도 없이 매장 안에 머무는 것은 피하고 싶었다. 너무 눈에 띈다. 슬슬 다른 진열대로 이동해볼까 생각한 찰나, 오사무가 상품을 한가득 담은 바구니를 들고 와 점원과 쇼타 사이에 섰다. 점원의 시야를 가린 오사무는 거기에서 타바스코 소스를 찾기 시작했다.

어시스트가 필요해진 상황이 속상하지만, 덕분에 안심하고 일할 수 있다. 쇼타는 오사무가 좋아하는 카레우동과 자신이 좋아하는 돼지김치라면을 재빨리 배낭 안에 미끄러뜨려 넣고 출입구로 향했다. 오사무는 쇼타가 무사히 매장 밖으로 나갔는지 확인한 다음, 장바구니를 내려놓았다. 그러고는 올 때와 마찬가지로 시식용 귤을 두 손 가득 집어 나왔다.

그들의 일상과는 거리가 먼, 스키야키용 마쓰사카 소고기며 참치 중뱃살 등 고급 식재료가 가득 담긴 장바구니가 그 자리에 덩그러니 남았다.

세상 사람들이 '좀도둑질'이라 부르는 범죄가 두 사람의 '일'이었다.

✳

'일'이 잘 풀린 경우, 둘은 노면전차 역 앞에 있는 오래된 상점가에 들렀다. '후지야'라는 고깃집에서 고로케를 사기 위해서였다.

"고로케 다섯 개 주세요."

오사무보다 한 걸음 먼저 가게에 도착한 쇼타가 점원 아주머니에게 말을 건넸다.

"450엔입니다."

아주머니는 언제나처럼 웃는 얼굴로 말했다. 그러고는 습기 찬 유리 안쪽에 있어 잘 보이지 않는 고로케에 집게를 가져갔다. 쇼타는 아주머니가 어느 고로케를 꺼내는지 확인하듯 유리창에 얼굴을 갖다댔다.

쇼타는 고로케 앞에서 검은자위가 큰 눈을 빛내고 있었다. 누가 입던 옷인지 헐렁헐렁한 바지를 입었지만 한눈에도 영리해 보였다.

이 소년이 조금 전까지 그런 '일'을 했을 거라고는 아무도 상상하지 못할 것이다.

일 하나를 끝내고 기분이 좋아진 오사무는 자동판매기에서 산 뜨거운 컵소주를 유리 진열장 위에 놓은 뒤, 윗옷 주머니에서 지갑을 꺼냈다. 오래 입어 낡은 빨간 점퍼에 회색 작업바지를 입었는데, 살짝 머리칼이 위험해지는 참이어서 사십대 중반치고는 나이 들어 보였다.

"얼마?"

"450엔입니다."

아주머니는 한 번 더 반복했다.

오사무는 동전지갑 위에 450엔을 꺼내놓는다.

"크러셔가…… 이렇게 생겼던가. 그거면 유리는 한 방에 가루가 되겠지."

그는 여름휴가 때 들른 가게에서 본 작업용 도구에 꽂혀 있는 것 같았다.

"그게 얼만데?"

쇼타가 관심을 보였다.

"2000엔 정도이려나?"

"비싸네."

쇼타는 가격을 듣고 얼굴을 찌푸렸다. 그 얼굴을 가만히 보고 오사무는 웃었다.

"사면 그렇겠지."

오사무는 애초에 살 생각이 없었던 듯하다.

"오래 기다리셨죠."

가는 눈을 더 가늘게 뜬 아주머니가 고로케 봉투를 카운 터에 내려놓았다.

쇼타가 봉투를 받아들었고, 둘은 다시 나란히 걷기 시작했다. 전리품으로 가득한 배낭은 무거웠지만 발걸음은 가벼웠다.

"미카와시마 마트에서 보긴 했는데…… 거긴 경비가 장난 아니잖아."

벌써 머릿속에 구상을 짜본 모양이다.

"둘이면 괜찮을걸."

쇼타는 오사무에게 그렇게 말하며 웃어 보였다. 오사무는 쇼타를 돌아보았고, 둘은 다시 주먹을 맞부딪혔다.


상점가를 벗어나자 오가는 사람이 급격히 줄었다. 아직

저녁 6시도 안 되었는데 가로등이 드문드문한 거리는 한밤처럼 고요했다. 아침 일기예보를 믿고 사람들이 서둘러 집에 돌아갔겠지. 쇼타는 그렇게 생각했다. 해가 지자 확연히 기온이 떨어졌다. 두 사람이 뱉는 숨이 하얗게 보였다.

갈색 종이봉투에 고로케 기름이 뱄다. 쇼타는 기름에 닿지 않으려고 신경 쓰면서 고로케 꾸러미를 소중하게 안고 있다. 집에 돌아가면 물을 끓여 컵라면에 따른 다음, 뚜껑에 고로케를 올려 살짝 데운 뒤에 살짝살짝 국물에 적셔 먹을 작정이었다. 오사무에게 배운 제대로 먹는 법이었다.

그런데 최근, 오사무는 고작 십 분도 참지 못한다. 이날도 아파트 단지에 접어들기 전에 제 몫의 고로케를 먹기 시작했다.

"그나저나…… 고로케는 역시 후지야가 최고야."

오사무는 진지하게 말했다.

"맞아."

쇼타도 얼른 고로케가 먹고 싶어 침을 삼켰다.

"너도 먹으면 되잖아."

오사무는 종이봉투를 가리키며 말했다.

"아냐 아냐."

쇼타는 꾸러미를 꼬옥 안았다.

"뭐야, 짠하게……."

오사무는 자신의 참을성 없음을 정당화하듯 쇼타를 나무랐다.

"아!"

쇼타가 갑자기 발을 멈췄다.

"왜 그래?" 몇 걸음 앞서가던 오사무가 뒤를 돌아보았다.

"샴푸 까먹었어……."

일을 나서기 전, 노부요의 동생 아키에게 부탁받은 일이 떠올랐다.

"다음에 하자."

이 추운 날, 되돌아갈 마음은 들지 않았다. 둘은 다시 속도를 내어 걷기 시작했다. 발소리가 겨울 밤하늘에 선명하게 울렸다.


그때, 콘크리트에 유리병 굴러가는 듯한 소리가 났다. 아파트 단지 일층의 바깥 복도였다. 오사무는 멈춰 서서 복도를 들여다보았다.

쪼그려 앉아 있는 자그마한 여자아이가 보였다. 위아래 깨끗하지 않은 빨간 트레이닝복 차림이었다. 양말은 신지 않았다. 맨발에 어른용 샌들을 신었다.

오늘로 몇 번째일까. 마주칠 때마다 여자아이는 촉촉한 눈으로 현관문을 바라보고 있었다.

오사무는 뒤돌아보며 왜 그러느냐는 듯한 표정의 쇼타에
게 말했다.

"또 있어."

오사무는 복도로 다가가서 틈으로 들여다보았다.

"왜 거기 있니?"

"……."

여자아이는 오사무 쪽을 봤지만 대답이 없다.

"엄마는?"

여자아이는 고개를 가로저었다.

"못 들어가니?"

뭔가 사정이 있어 집 밖으로 내보낸 듯 보였다.

쇼타는 오사무의 옷을 잡아당겼다.

"빨리 가자. 다 식어."

"그래도……."

오사무는 쇼타를 저지하듯 여자아이 쪽으로 다가가 먹던
고로케를 내밀었다.

"먹을래? 고로케?"

쇼타가 사는 집은 삼면이 고층맨션에 둘러싸인 일층짜리

주택이었다. 뒷길에 있는 '호비'라는 작은 술집 옆에는 오래된 이층짜리 아파트가 있다. 당시 집주인이 두 채의 단독 중에서 대로에 면한 집만 신축한 것이었다. 그 아파트 뒤에 숨은 듯 폭 꺼진 채 그대로 남은 것이 쇼타네 집이다. 부동산에서 여러 번 찾아왔지만 오십 년째 이 집에 살고 있는 집주인 하쓰에는 결코 고개를 끄덕이지 않았다. 주변 집이 버블시대에 모두 고층맨션으로 바뀐 뒤에도 이 단층집만은 배꼽처럼 폭 꺼진 채, 버려지지도 개축되지도 않고 사람들 머릿속에서도 지워져버렸다.

"할아버지를 죽이고 마루 밑에 묻어서 그런 거 아냐?"

오사무는 그 화제가 나오면 늘 신소리를 해댔다.

쇼타와 오사무가 여자아이를 데리고 집에 돌아왔을 때, 가족은 마침 저녁밥 준비를 하는 참이었다. 오사무의 아내인 노부요는 주방에서 우동을 끓이고 있었다. 할머니 하쓰에는 고타쓰 위에 어질러진 쓰레기를 치웠다. 치운다고는 해도 방구석에 아침부터 내내 펼쳐져 있는 이불 위로 옮길 뿐이었다. 노부요의 이복 여동생 아키는 식사 준비를 돕지 않고 목욕을 하더니 혼자 고타쓰에 들어가 너무 짧게 자른 앞머리를 신경 쓰고 있었다. 그런 아키 앞에 우동 냄비가 놓였다.

파도 달걀도 유부도 넣지 않은, 맨우동을 가족 전원이 먹었다. 이 가족에게 식사는 즐기는 것이라기보다 배를 채우고 한기를 떨치면 족한 것이었다. 다 같이 우동을 먹는 소리가 방 안에 울려 퍼지는 가운데, 여자아이는 방구석 테이블 앞에 앉아 오사무에게 받은 고로케를 말없이 먹었다.

주방 테이블에 앉아 그릇 씻기 귀찮다며 기다란 요리용 젓가락으로 냄비에서 우동을 바로 건져 먹던 노부요가 여자아이의 등을 보며 말했다.

"웬만하면 돈냄새 좀 나는 걸로 주워 오지."

"내가 코가 좀 안 좋잖아."

오사무는 변명하면서 동의를 구하듯 쇼타를 보았다. 쇼타는 오늘의 전리품을 배낭에서 꺼내놓으며 장물을 쟁여두는 바구니에 담는 참이었다. 바구니도 '신선마트'에서 멋대로 가져온 것이었다.

"쇼타, 샴푸는?"

바구니를 들여다보며 아키가 물었다.

"까먹었어."

쇼타는 솔직하게 대답했다. 아키는 불만스럽다는 듯 얼굴을 찌푸리더니 이내 다시 우동에 집중했다. 지금은 샴푸보다 앞머리 쪽이 불만인 것 같았다. 쇼타에게는 행운이었다.

"이름은?"

노부요가 물었다.

여자아이는 뭐라고 웅얼거렸지만 밖에서 지나가는 전차 소리에 묻혀 잘 들리지 않았다. 다들 여자아이의 목소리를 들으려고 상체를 쑥 내밀었다.

"유리라잖아……."

가장 가까이 있던 쇼타가 여자아이를 대신해 모두에게 전했다. 쇼타는 이 집에서 누구보다 귀가 좋았다. 빈 배낭을 손에 든 쇼타는 거실 벽장 속으로 들어가 눈앞에 있는 알람 시계를 확인했다. 컵라면 완성까지 삼십 초 남았다.

"유리……."

노부요가 한 번 더 말했다.

하쓰에는 발치에 신문을 펼쳐둔 채 발톱을 깎고 있다.

몇 살이냐고 묻는 노부요를 향해 유리는 손가락 다섯 개를 폈다.

"어린이집에 다닐까……."

노부요는 혼잣말처럼 중얼거렸다.

"다섯 살이면, 왜소한 편인걸."

하쓰에는 발톱 깎는 손을 잠시 멈추고 딱히 누구에게랄 것 없이 말했다. 하쓰에는 거의 백발이 된 머리칼을 길게 빗어 뒤통수에 하나로 묶어두었다. 팔십 살에 가까운 것치고는 정신도 신체도 정정했지만 늘 틀니를 빼고 있는 탓에 옷으면 거무튀튀한 잇몸이 보여 마녀 같았다.

가족이 저녁을 먹는데 굳이 곁에서 발톱을 깎지 않아도 좋을 텐데, 하쓰에는 평소에도 이런 식으로 제멋대로인 구석이 있었다. 그렇다기보다 사람들이 싫어하는 일을 일부러 하고선 주위 반응을 즐기는 심술궂은 성격이라고 하는 편이 맞을지도 모르겠다.

"그거 다 먹으면 데려다줘."

노부요는 오사무에게 주의를 준 뒤, 냄비에 얼굴을 묻고 다시 우동을 먹기 시작했다.

"오늘 너무 추운데 내일……."

"안 돼. 여기가 보호시설도 아니고."

내일 가면 안 될까, 라는 말이 이어질 걸 잘 아는 노부요가 한 발 먼저 가로막았다.

오사무는 노부요의 한마디에 농담이었다는 듯 입가에 웃음을 떠올리며 눈앞에 있는 하쓰에를 젓가락으로 가리켰다.

"있잖아. 우리집에도 타이거마스크*가……."

"젓가락으로 사람 가리키는 거 아냐."

기분이 상했는지 하쓰에가 오사무를 똑바로 바라보았다.

하쓰에는 깎은 발톱을 모은 신문지를 두 손으로 들고 일

---

* 구호 활동을 펼친 것으로 유명한 만화 캐릭터

어섰다. 일부러 오사무 쪽으로 들이댔다.

더럽잖아, 하고 오사무는 큰 소리로 야단을 떨며 반대방향으로 피했다.

하쓰에는 신문지를 펼친 채 현관으로 가 신발이 널린 현관에 기세 좋게 발톱을 던져 버린 뒤 신문지를 탈탈 털었다.

"할머니, 거기다 버리지 말라고 했잖아."

노부요가 그렇게 말했지만 이미 늦었다.

"읏차."

하쓰에는 괘념치 않고 신문을 방구석에 던지고는 유리 옆에 앉았다.

"늙은이 연금이나 노리고 말이지, 무능력하기는!"

벌이가 극단적으로 적은 것을 꼬집었지만, 오사무는 고작 "시끄러운 할망구"라고, 본인에게는 들리지 않을 만큼 작은 목소리로 욕을 한마디 날려줄 뿐이었다.

쇼타는 자신의 방으로 쓰는 거실 벽장 안에서 어른들의 모습을 지켜보았다. 원래 이불이 들어 있을 곳이지만 겨울에는 이불을 내내 펴놓은 채 고타쓰 주변에서 지내게 마련이다.

하쓰에는 쇼타를 "총각"이라든지 "아가" "꼬마" 등으로 불렀다. 쇼타는 "꼬마"라고 할 때만 "꼬마 아냐"라고 정색하며 반응했다.

목조 단층인 이 집은 전쟁 후 바로 지은 터라 이제 칠십
년이 넘다보니 그렇지 않아도 여기저기 덜거덕거렸다. 게다
가 주위가 고층맨션으로 둘러싸여 낮에도 거의 해가 들지
않고, 바람도 통하지 않았다. 여름에는 한증막처럼 덥고, 겨
울에는 밤기온이 혹독하게 떨어졌다.

맨발로 다다미를 디디면 바깥 도로보다 차가웠다. 손발이
찬 아키는 잘 때도 양말 두 켤레를 겹쳐 신었다.

벽장 안 선반에는 어른 눈에는 그냥 잡동사니로 보이는
라무네 구슬, 길에서 주운 철사, 나뭇조각 같은 쇼타의 보물
이 소중하게 줄지어 있다.

오사무가 예전에 페인트칠 일을 할 때 쓰던, 이마 부분에
작은 조명이 달린 헬멧도 벽에 걸려 있다. 쇼타는 밤에 책을
읽을 때 그걸 사용했다.

가족이 모두 식탁에 둘러앉을 때도 쇼타는 밥그릇과 접
시를 들고 벽장 안으로 와서 혼자 먹었다. 딴 길로 샌 끝에
여자아이를 데리고 들어오느라 고로케는 완전히 식어 있었
다. 훔쳐온 컵라면에 뜨거운 물을 붓고 고로케는 전자레인
지 대신 뚜껑 위에 올려 데웠다.

"땡" 하고 소리 내어 말한 뒤 쇼타는 기세 좋게 뚜껑을 떼
어내고 고로케를 국물에 적셨다. 고로케 기름이 국물 표면
에 퍼졌다. 쇼타는 나무젓가락 끝으로 고로케를 둘로 가른

뒤 튀김옷을 벗겼다. 얼굴을 드러낸 감자를 국물 속에서 뭉 갠 다음, 면을 감아 함께 먹었다. 일을 무사히 끝낸 자신에 게 주는 선물이었다.


"귀엽게 생겼구만."

하쓰에는 유리의 얼굴을 들여다보며 뺨에 들러붙은 앞머 리를 넘겨주었다.

유리의 머리칼은 염색한 듯 갈색이었다. 그 색 때문인지 더더욱 감정이 사라진 듯 보였다.

"이거 왜 이랬니?"

양팔에 화상 자국 같은 흉터를 발견하고 하쓰에가 물었 다. 아직 그렇게 오래된 것은 아니었다.

"넘어져서……."

물어보면 늘 그렇게 대답하는지 제 이름을 말할 때보다 분명한 말투였다.

하쓰에는 유리의 셔츠를 걷어보았다. 배에도 붉고 푸른 멍이 많았다. 아키가 얼굴을 찌푸렸다. 쇼타도 고로케를 베 어물면서 빤히 보았다. 하쓰에는 멍에 손을 갖다댔다. 유리 가 피했다.

"아프니?"

유리는 고개를 가로저었다. 대충 상황은 파악했다.

"상처투성이네"라는 하쓰에의 중얼거림을 듣고 오사무는 노부요를 바라보았다.

'어쩔까?'

오사무는 눈으로 그렇게 물었다.

유리는 낯빛이 좋지 않았다. 아니, 표정 자체가 없었다. 감정의 스위치를 꺼버림으로써 처한 상황이나 자신에게 가해지는 일에 필요 이상으로 상처받지 않으려는 방어본능이 틀림없었다. 노부요는 여자아이를 잠깐 본 것만으로 알았다.

노부요는 지금은 짐 보관소로 바뀌어버린 주방 테이블에 앉아, 한 단 높은 곳에서 가족이 우동 먹는 모습을 바라보았다. 늘 여기에서 혼자, 식사를 한다. 그래서 오늘이 특별한 것은 아니었다. 그런데 여자아이의 자그마한 등을 보고 있자니…… 아니, 보지 말아야지 하면서도, 노부요는 내내 눈을 감고 못 본 척했던 것들이 마음 깊숙이에서 떠올랐다.

노부요는 시선을 거두어 냄비를 들고 싱크대 앞에 섰다.

"110번*에 전화하기 전에 다시 데려다놔."

노부요는 그렇게 말하고 맥주캔을 비우더니 쓰레기통에 던져넣었다.

---

\* 한국의 '112'에 해당하는 신고전화

유리는 결국 노부요와 오사무, 둘이서 데려다주기로 했다.

노부요가 그렇게 제안하지 않았으면 오사무는 온갖 이유를 달아 이 생면부지의 여자아이를 집에 하룻밤 재웠을 것이다. 그것은 가족에게 위험하다고 노부요는 냉정하게 판단했다.

"하룻밤 정도는 재워도 되지 않나? 지금 데려가봐야 집에 들여보낼 수 있을지 없을지도 모르잖아."

오사무가 딱히 친절하기 때문이 아니라는 것을 노부요는 알고 있었다. 아니, 백 번 양보해서 친절함이라 한대도 거기에 책임감은 털끝만큼도 없었다.

예전이나 지금이나 변함없는, 이 남자의 성격인 것이다. 그러려니 하기로 했다. 그런 순간의 연속이 그의 인생이었다. 다시 말해 어제를 반성하는 오늘도, 내일을 전망하는 오늘도 그에게는 존재하지 않는다. 오늘이 즐거우면 그만이었다. 굳이 말하자면 어린아이 같은 것이다. 진짜 아이라면 그래도 충분하겠지만 쉰 가까이 먹은 주제에 '오늘'만 되풀이하면 생활이 얼마만큼 궁핍해질까. 그 전형 같은 비탈길 굴러 떨어지기가 십 년째 계속되고 있었다. 그리고 노부요는 그 십 년, 함께 굴러 떨어지기를 반복하고 있었다.

그래도 노부요가 옆에서 보살펴주는 이유는 자기마저 없

으면 이 남자가 더 망가질 것이 눈에 선하기 때문이었다. 그녀 나름의 자부심이기도 했고, 사랑이라 부르자면 사랑의 한 형태이기도 했다. 하지만 그 사랑이 노부요로 하여금 일반적 의미의 행복을 멀리하게 한 것도 사실이었다. 함께 있는 이유를 또 한 가지 찾자면, 그래도 오사무는 지금까지 노부요가 만난 남자들에 비해 아직 양호했다.

"저런 남자 어디가 좋으니?"

툇마루에 나란히 앉은 하쓰에의 질문에 "안 때리니까" 하고 무의식중에 진심을 말해버리고는 마주 보고 웃은 적이 있었다.

"때리지 않는 남자는 얼마든지 있을 텐데."

하쓰에는 그렇게 말하고 보듬어주는 듯한 눈길을 노부요에게 보냈다. 하쓰에 역시 그다지 남자 덕을 본 인생이 아니었음을 충분히 짐작할 수 있었다.

하쓰에는 한잔하고 불콰해지면 곧잘 "조금 더 좋은 남자에게 안기고 싶었는데" 하고 먼 산을 보며 말했다.

'어머…… 그 나이가 되어서도 그런 생각을 하다니.'

노부요는 그렇게 말하고 싶었지만 앞으로 이십 년 뒤 자신도 아키 앞에서 똑같이 되뇔 것이라는 사실을 본인이 가장 잘 알았다.

"모처럼 욕조에 들어갔는데, 진짜…….."

유리를 업고 밤길을 걷는 오사무 뒤에서 노부요는 불평을 늘어놓았다.

오사무는 판단하기 어려울 때면 흔들리는 시선 끝에 노부요에게 도움을 구한다.

이번에도 '어쩔까?' 하는 눈빛이 노부요를 향했다. 자기 멋대로 데려온 주제에 잘도 묻는다고 생각했다. 하지만 계속 옆에서 보아왔기에, 이 남자는 무슨 말을 해도 성장하지 않는다는 걸 이미 잘 알고 있었다. 기대도 하지 않았다.

어두운 밤길을 걷자니, 반대편에서 검정 코트를 입은 회사원이 휴대전화를 들고 걸어왔다.

두 사람은 무의식중에 대화를 멈췄다.

연인과 통화하는 중일까? 방정맞은 웃음소리 끝에 약간의 색기 같은 것이 묻어났다.

"우리 애라고 생각했을까?"

오사무는 남자의 뒷모습을 돌아보고는 장난이 들켰을 때처럼 한껏 들뜬 표정으로 노부요를 바라보았다. 선악의 가치관이 세상과 어긋나 있는 것은 노부요도 마찬가지이지만 오사무는 어딘지 도가 지나쳤다. 남을 꼬드겨 도둑질을 한다든지 속인다든지 하는 데에 주저함이 없었다. 오히려 나쁜 일을 할 때 가장 즐거운 듯 생기가 넘쳤다.

"그렇게 생각 안 했으면 그것도 큰일이지."

"그야 그렇지만."

"어? 아이 갖고 싶어?"

그렇게 묻는 노부요에게서 시선을 거두어, 오사무는 콘크리트 바닥을 내려다보았다.

"아니…… 할머니 있지…… 아키에 쇼타까지. 이미 충분하지."

이미 가족은 다섯 명으로 충분하다, 자신 같은 남자에게는 충분하고도 넘치게 행복한 인생이다, 라고 말하는 듯 들렸다.

노부요는 그래서 어느 쪽인데? 하고 확인하려다가 그만두었다.

어차피 '어느 쪽이라고 생각해?'라는 질문만 돌아올 게 뻔하기 때문이었다.

"직진?"

갈림길에 들어서자 노부요가 물었다.

"거기 오른쪽이야, 오른쪽."

생각났다는 듯 오사무가 말하자 노부요는 길을 안내하듯 모퉁이를 돌아 앞으로 나아갔다. 가로등 불빛에 희부옇게 보이는 공단이 눈앞에 나타났다.

"자는 거지?"

등에 업힌 유리의 무게를 느끼며 오사무가 물었다.

유리는 집을 나오자마자 오사무의 등에서 곤히 잠들었다.

"마음 편한 녀석이야, 고로케를 세 개나 먹고."

노부요는 손에 든 싸구려 술을 한 모금 들이켰다.

쇼타는 제 몫의 고로케를 사수했지만, 나머지는 죄다 유리가 먹어치웠다. 아무도 그 일에 대해 불평하지 않았다.

"딩동 할까?"

노부요가 물었다.

"아니…… 현관 앞에 살짝……."

"그러면 죽을걸."

"그럼…… 살짝 내려놓고 딩동 하고 도망칠까?"

"산타클로스야?"

대책이라고는 없는 오사무에게 질린 듯 노부요는 웃음을 터뜨렸다. 유리를 데려다놓은 다음 다시 욕조에 들어가야지. 겨울 하늘에 울리는 두 사람의 발소리를 들으며 노부요는 생각했다.

그때 앞쪽에서 유리 깨지는 소리가 짧게 울렸다.

"네가 잘 보고 있지 않으니까 그런 거잖아아아악!"

"거기서 놀고 있었어, 좀 전까지."

"남자 데려왔던 거 아냐?"

두 사람은 무의식중에 걸음을 멈췄다.

남녀가 싸우는 소리는 확실히 유리가 앉아 있던 문 뒤에서 들려왔다.

"잠깐 보고 올게."

오사무는 업고 있던 유리를 노부요에게 건네고 발소리를 죽여 집 앞까지 다가섰다.

"아빠가 누군지도 모르는 애를!"

남자가 여자를 때리는 소리가 났다.

"하지 마. 아파!"

노부요는 자기도 모르게 유리를 꼭 끌어안았다. 가냘픈 몸이 옷 위로도 충분히 느껴졌다. 하지만 노부요에게는 유리의 체중보다 훨씬 무겁게 느껴졌다.

"나라고 낳고 싶어서 낳은 줄 알아?"

여자가 그렇게 말하는 걸 듣자 노부요는 발아래에 뿌리가 내린 듯 붙박였다. 몇 번이나 들은 말이다. 노부요의 어머니는 술을 마실 때마다 어린 노부요에게 화풀이하며 그렇게 말했다.

"지금 가면 들킬 것 같아."

오사무는 부부싸움의 원인이 자신의 경솔한 '유괴'라는 사실은 눈곱만큼도 알아채지 못했다. 이 녀석한테는 좋은 일일지도 모른다며 유리를 노부요에게서 돌려받으려 했다. 그때 노부요가 그 자리에 주저앉았다.

여자의 울부짖는 소리를 들으며 노부요는 마음속으로 소리쳤다.

'너희 따위에게 이 아이를 돌려줄 것 같으냐.'

오사무에게도 빼앗기지 않겠다는 듯 유리를 안은 손에 힘을 주었다. 눈앞의 아이를 향한 애정이라기보다 과거에서 흘러넘친 분노가 만든 힘이었다.

2장

밀
개
떡

"앗, 차가워. 뭐야, 싼 거야?"

오사무는 호들갑을 떨었다. 쇼타는 평소보다 일찍 눈을 떴다.

벽장문을 반만 열고 내다보니, 어제 오사무와 노부요가 데려다 주기로 한 유리가 멍하니 서 있었다. 어젯밤 노부요는 유리를 다시 데려와 오사무와 자기 사이에 옷을 입힌 채 재웠다. 그런데 유리가 자면서 오줌을 싼 것이다.

노부요는 이불을 개켜 거칠게 구석으로 밀어두었다.

"잘못했습니다, 해야지?"

노부요와 눈이 마주친 유리는 매를 맞을 거라고 생각했는지 그 자리에서 몸에 힘을 준 채 눈을 꼭 감았다.

"잘못했습니다…… 잘못했습니다…… 잘못했습니다."

"이제 됐어. 시끄러워."

작고 가녀린 어깨를 바라보는 노부요의 가슴속에서 꽁꽁 봉인해둔 방문이 달그락거리는 소리가 났다. 혼내도 어쩔 수 없는 일이라는 걸 잘 아는데도 말본새가 거칠어진다. 순간의 감정에 이끌려 유리를 다시 데려온 자기 자신에 대한 화도 있었다. 아직 이렇게 동요하는구나 싶어 마음이 더욱 흔들렸다.

"역시 어제 데려다줘야 했던 걸까……."

오사무는 무책임한 소리를 했다.

"그럴지도……."

노부요는 쇼타가 옛날에 입던 맨투맨이랑 바지를 서랍에서 꺼냈다.

"그거 내 거……."

쇼타는 누운 채로 불만을 담아 말했다.

"이제 안 입잖아, 이런 거."

노부요에게 타협이란 없다. 유리의 가슴 언저리를 대충 잡아당기니 의외로 확 끌려왔다. 젖은 옷은 벗겨서 방구석에 두었다.

"있지, 내 벨트 어디 있는지 알아?"

오사무는 작업복 바지를 반만 입은 채 아까부터 거실을 어정버정 돌아다니고 있다.

오늘은 모처럼 공사 현장 일용직 일이 들어왔다. 하지만 일어난 순간부터 어떻게 해서든 안 나갈 구실을 찾으려는 게 빤히 보여서 노부요는 오사무가 무슨 말을 해도 듣는 둥 마는 둥 했다.

"그만둘까봐…… 춥기도 하고, 오늘…….”

드디어 나왔다, 예상했던 대사이다.

"감기 걸렸다고 문자든 뭐든 하…….”

게다가 노부요더러 연락하라고 시킬 참이다. 천하의 의지 박약자. 노부요는 돌아보지도 않고 바닥에 떨어져 있는 검은 색 벨트를 오사무에게 던졌다.

쇼타의 윗옷은 유리에게 아직 컸지만 벗고 있는 것보다는 낫다고 노부요는 생각했다.

"이 사람, 일 나간대요.”

어찌어찌 벨트까지 멘 오사무를 시야 한구석에서 확인하고 노부요가 말했다.

"응응…….”

주방에 서서 물을 끓이던 하쓰에가 대답했다. 보온병에 차를 채우기 시작했다. 이 병의 어디에 ‘마법’*이 있다는 건지 쇼타는 알 수 없었지만 하쓰에는 늘 그렇게 불렀다.

---

*   보온병은 일본어로 ‘마호빙(魔法瓶)’, 즉 ‘마법의 병’으로 불린다

노부요는 마지못해 현관으로 향하는 오사무의 등을 떠밀 다시피 하며 배웅을 나섰다.

"그거 버려줘, 그거그거."

현관 매트에 둔 쓰레기봉투는 발포주 캔으로 가득했다.

"어이, 이거⋯⋯."

하쓰에가 건네준 보온병을 받아들고 운동화를 신으려던 오사무가 "아야" 하고 짧게 비명을 내지르며 신발 속을 들여다보았다.

이번에는 또 무슨 말을 늘어놓을까 싶다.

벨트 다음에는 날씨, 날씨 다음에는 신발인가.

노부요는 현관 발판의 냉기에 발가락이 시려서 빨리 거실로 돌아가고 싶었지만 여기서 긴장을 늦추면 이 남자가 신발을 벗고 방으로 돌아가버릴 것 같았다.

"발톱이잖아."

오사무는 이보다 더할 수는 없다는 듯 얼굴을 잔뜩 찌푸린 채 신발 속에서 하쓰에의 발톱을 집어내 두 사람에게 보였다.

무슨 징조가 아닐까 하고 주장하는 얼굴이었지만 "아아⋯⋯ 내 발톱?" 하며 하쓰에는 아무렇지 않게 반응했다.

오사무는 드디어 포기했는지 발톱을 현관에 휙 던져버리고는 노부요가 말한 쓰레기봉투를 손에 든 채 현관을 나섰다.

아침 6시를 갓 지난 2월의 하늘은 아직 아침이라고 하기에는 어둠이 깊었다.

날숨이 그대로 얼지 않을까 싶을 만큼 공기도 찼다.

미닫이문을 열고 한쪽이 푸른 함석 담으로 된 좁은 골목을 10미터 정도 걸은 다음, 아직 인적이 거의 없는 뒷길로 나섰다.

가까운 데서 개가 짖는다. 오사무에게만 유독 짖어대는 개이다. 얼굴을 본 적도 없고, 오사무를 알 리도 없는데 어째서인지 짖어댄다.

오사무는 "쯧" 하고 혀를 찼다.

전봇대 아래 설치된 푸른 망에 쓰레기를 내놓도록 되어 있는데 안내판을 보니 오늘은 타는 쓰레기 버리는 날이다. 빈 캔이 가득한 쓰레기봉투를 손에 든 채 오사무는 일순 주저했다. 그러다 "뭐, 괜찮겠지" 하고 중얼거리며 푸른 망에 기세 좋게 쓰레기봉투를 던져버리고는 역을 향해 걸음을 옮겼다. 새벽 전차 통과하는 소리가 평소보다 가깝게 들렸다.

역 앞 택시 승강장 옆 흡연구역 앞이 지정된 집합장소였다. 집합시간인 6시 반을 조금 지난 참에 십인승 밴이 다가와 모여 있던 다양한 국적의 남자들을 태우고 달리기 시작했다.

오사무는 가장 마지막에 타는 바람에 반장인 진보 옆에 앉게 되었다. 아직 이십대로 보이는 그는 머리를 짧게 깎고 콧수염을 길렀으며 미간에는 늘 주름이 잡혀 있었다. 오사무는 반장이 웃는 걸 본 적이 없었다. 지금도 중간중간 혀를 차며 약속시간에 오지 않은 팀원에 대해 전화로 회사에 보고하는 중이었다.

"네네…… 아니, 문자로요. '그만두겠습니다'라고. 뭐, 어차피 왔어도 투입할 데도 없습니다. 다음에 만나면 패주겠습니다."

문자로 결근 연락을 할까 싶었던 오사무는 노能*의 가면처럼 표정을 지우면서 차를 보온병 뚜껑에 따라 한 모금 들이켰다.

건설 현장에 도착해 조회로 일과를 시작했다. 라디오체조**를 건성으로 마친 다음, 오사무는 스무 명 정도 되는 작업원과 엘리베이터에 탑승했다. 엘리베이터 안에는 오르골로 편곡한 '내일이 있으니까'가 흘러나왔다. 딸깍딸깍 소리

---

\* 일본 전통 가면극
\*\* 한국의 국민체조에 해당

를 내며 올라가는 엘리베이터는 철골로 둘러싸였지만 실내라고 하기에는 다소 무리가 있었다. 고소공포증이 있는 오사무에게는 바깥이나 다름없었다.

'내일이 있으니까'는 이 공포와 딸깍거리는 소리를 덮기 위해 틀어놓았을 것이다.

육층 근처를 지나니 햇살이 들기 시작했다. 주변 건물이 전부 발아래로 사라지자 오사무는 다리가 더 심하게 후들거렸다.

오늘 현장은 십층짜리 맨션의 최상층이었다. 오사무는 기술자가 일하기 편하도록 청소를 하거나 비계를 옮기는 잡무를 맡았다. 그래도 쇼타와 길을 걷다가 자신이 건축을 거든 건물을 만나면 "저거 아빠가 지은 거야" 하고 자랑스럽게 이야기했다.

"우아, 대단하다."

쇼타는 눈을 반짝였다.

행여 거짓말이더라도 아이에게 존경의 눈빛을 받으면 기뻤다.

오사무가 담당하는 일이라봐야 빗자루로 바닥을 쓸거나 폐자재를 버리는 정도라서 별다른 기술도 경험도 필요 없었다. 그래도 오사무처럼 눈치 없는 인간은 아침부터 저녁까지 고함소리를 들었지만 그것만 참으면 하루에 8000엔이 떨어졌다.

지금도 반장 진보에게 엉덩이를 차이며 "걸리적거리니까 저쪽으로 가 있으쇼"라는 말을 들은 오사무는 딱히 의기소침해하지도 않고 작업 현장을 벗어나 건축중인 맨션 안을 배회하기 시작했다. 올가을 완공 예정인데 120세대가 모두 분양 완료되었다고 했다.

아직 문은 없지만 여기가 현관이라는 것은 알 수 있다. 여기가 주방이고 저기가 베란다인가. 이 구멍은 분명 싱크대나 화장실이겠지. 완성된 모습을 상상하며 걷다보니 즐거워져서 근무중이라는 사실도 잊었다. 아래층으로 내려갈수록 집의 형태가 더 선명하게 머릿속에 떠올랐다.

육층에는 큰 전화박스 같이 생긴 집이 하나 더 있었다. "다녀왔습니다" 하고 소리 내어 말하고 몇 걸음 들어선 뒤, 문을 열어 들여다보니 목욕탕이었다. 가로로 긴 새하얀 욕조가 비닐에 싸인 채 놓여 있었다.

"쇼타, 같이 욕조 들어갈래?"

오사무는 그렇게 말하고 흙 묻은 발로 욕조에 들어가 앉아보았다. 진보에게 들키면 또 엄청나게 야단맞겠지만 지금 다른 사람들은 십층에 있고 여기까지 올 리 없다. 오사무는 고등학교를 중퇴한 뒤로 이곳저곳을 전전하며 살았지만, 하나같이 오래된 집이었기에 한 번도 새 욕조를 써본 적은 없었다.

욕조 안에 앉은 채 아직 콘크리트 상태인 천장을 올려다보며 언젠가 자신도 이런 맨션에서 가족과 살 수 있을까 상상해보았다.

⁂

오사무와 노부요는 한 달에 한두 번 집 뒷길에 있는 '호비'라는 작은 술집에서 술을 마셨다.

테이블 세 개에 카운터 자리 여섯 개가 전부인 작은 가게는 일흔 살 넘은 사장이 혼자 운영하고 있었지만, 바쁠 때면 근처에 사는 딸이 도우러 와서 볶음국수나 볶음밥을 만들기도 했다.

지난주에는 노부요가 먼저 한잔하자고 했다. 직장에서 안좋은 일이 있었나보다 하고 오사무는 생각했다.

두 사람은 쇼타와 하쓰에가 잠든 뒤 집을 빠져나와 잔을 기울였다.

"있지있지…… 저 집 부수고 말이야, 맨션 지을 수 있을까?"

이 제안을 할 때 노부요는 늘 즐거워 보였다. 얼굴에는 악의가 가득했다.

"바보, 할망구가 오케이할 것 같아?"

소주 우메와리*를 한 잔 더 시키고 오사무가 말했다.

"싫으면 나가라고 하지?"

"네, 제발 맨션 지으세요, 할 리가 없잖아. 신경 바짝 써야지."

노부요는 지금보다 위로 올라갈 일을, 오사무는 지금보다 아래로 떨어지지 않을 일을 최우선으로 생각하고 있었다.

"맨션을 짓고…… 꼭대기층에 살면서 임대료나 받는 거야. 어때?"

"나쁘지 않지……."

가게 벽에는 옛날 이 술집 옥상에서 본 스미다가와의 불꽃축제 사진이 액자에 담겨 걸려 있었다. 사진은 햇볕에 바래어 불꽃이 원래 무슨 색이었는지 알 수 없었다. 지금은 이곳 옥상에 올라도 이웃 고층맨션 벽 말고는 아무것도 보이지 않았다.

"이 일대에서 제일 높은 맨션을 지어서 말이지…… 위에서 주변 녀석들을 내려다보면서…… 스미다가와 불꽃을 베란다에서 딱 보는 거야. 특등석이지!"

오사무는 눈을 가늘게 뜬 채 머릿속에서 불꽃을 쏘아 올려보았다.

---

\* 매실주를 섞은 소주

"꿈이네."

노부요가 말했다.

"꿈이야."

오사무가 대꾸했다.

어차피 이루어지지 않으리라는 것은 두 사람도 알고 있었다.

하지만 이렇게 말로 하는 것뿐이라면 누구에게 싫은 소리 들을 일도 없으리라. 소주 우메와리 두 잔으로 살 수 있는 저렴한 꿈이다.

둘이서 폐점 시간까지 마신 뒤 사장 모녀의 배웅을 받고서야 휘청거리며 집으로 돌아왔다. 오사무는 노부요의 어깨에 손을 얹어 체중을 실었다.

"저기…… 혼자서 좀 걸어봐."

"바보야. 네가 내 목발이잖아."

"휠체어는 안 밀어줄 거야."

"알았다고."

노부요 어깨에 얹은 손을 슬며시 허리에 둘렀다. 이것이 부부라는 것일까. 그렇다면 부부는 참 좋은 것이라고 진지하게 생각했다.

오사무를 출근시킨 뒤 노부요는 아침밥을 준비하고, 유리가 오줌 싼 이불을 마당에 널었다.

8시 반에는 자전거를 타고 근처 세탁 공장으로 향했다.

노부요는 큰길에 나가면 반드시 좌우부터 확인했다.

자신이 여기에 산다는 건 비밀이기 때문이었다.

괜찮다. 누구도 우리 따위 신경 쓰지 않는다. 노부요는 스스로 그렇게 말하며 자전거 페달을 힘차게 밟았다.


노부요가 일하는 '고시지 크리닝'은 관리 점포가 세 군데나 있는, 이 지역에서는 전통 있는 공장이었다. 이곳에서는 각 점포에서 접수된 세탁물을 모아 작업별로 구분한 뒤 세탁하고 다림질한다.

"선대 사장 때까지는 오염 제거 작업까지 여기서 했습니다만, 이제 기술자가 없어서요."

사장은 손님이 오면 늘 변명하듯 그렇게 말하고 안타깝다는 듯 웃었다.

사장은 선선대부터 이 공장을 가업으로 이어왔고 경리는 부인이 맡고 있다. 종업원은 파트타이머까지 모두 삼십 명. 그중 40퍼센트는 필리핀과 타이에서 온 이주여성이다. 노부요는 여기에서 일한 지 오 년 된 고참 직원이었다.

각 점포에서 큰 봉투에 담아온 옷을 색깔별, 섬유별로 분류하는 것도 노부요와 직원들의 일이었다. 그때 옷 주머니를 점검한다. 잔돈, 영수증, 신용카드 등이 들어 있는 경우가 많기 때문이다. 한번은 주머니에 만년필이 꽂힌 채 세탁기에 넣어버려서 흰 셔츠가 시퍼렇게 물들어 변상한 적도 있었다. 분실물은 보관해두었다가 주인이 요청하면 돌려주어야 하지만 노부요는 사람들 눈을 피해 값나가는 것들을 제 주머니에 숨겼다.

죄책감이 없지는 않지만 '잃어버린 놈 잘못이지'가 노부요의 신조였다. 훔친 게 아니다. 주운 것이다.

오늘도 재킷 안주머니에서 오렌지색 스톤이 박힌 넥타이핀을 발견했다. 근처에 사장이 없는 것을 확인하고 제 주머니에 넣었다.

옆옆 바구니 앞에서 함께 분류 작업을 하던 네기시가 재빠르게 눈치채고는 응흉한 웃음을 지어 보였다.

이건 별일도 아니라는 듯 노부요는 웃음을 되돌려주었다.

다림질은 고행이었다.

공장 안은 곳곳에서 증기가 올라와 겨울인데도 한증막이나 다름없었다. 작업용 폴로셔츠를 입은 등에서 계속 땀이 흘러내렸다. 화상도 더위와 비길 만큼 끔찍했다. 노부요는 이미 베테랑이지만, 손길이 조금만 잘못되어도 다리미나 다리미판이 맨살에 닿았다. 화상은 매월 매주 차곡차곡 거듭되어 팔뚝이나 손끝에 얼룩얼룩한 상처가 지워질 날이 없었다.

공장에 신청하면 개당 480엔에 주문 도시락을 먹을 수 있지만 편의점에서 사온 컵라면과 삼각김밥으로 점심식사를 해결할 때가 많았다. 시급 800엔에서 480엔이 빠지는 것은 속이 쓰렸고, 맛도 없었다. 서둘러 식사를 마친 뒤 공장 근처 자전거 주차장 옆 흡연구역에 모여 동료들과 잡담을 나누는 것이 노부요의 유일한 낙이었다.

오늘은 공장 앞에 사람들이 모여 시끌벅적했다. 작년에 결혼하면서 퇴직한 옛 동료 사코타가 아기를 데리고 사장에게 인사 온 모양이었다. 대졸 연하남을 잡은 사코타는 동료들 입장에서 볼 때 끔찍한 배신자이자 역겹기 그지없는 '승자'였다.

"또 똥파리 꾀지 않게 하려면 큰일이겠네. 남편이 걱정이 많겠어……."

"저 가식 떠는 것 좀 봐. 안 그랬으면 결혼도 못 했을 거야."

사장님에게 칭찬을 들었는지 사코타는 진심으로 기쁘다는 듯 들떠 있었다.

"우리 둘째 아들이 지금 중2인데…… 싫어하려나, 이런 세탁공장이라면."

"그런 걱정일랑 붙들어매십시오옷!"

갑작스러운 손님의 방문에 머쓱해진 노부요와 동료들은 아기를 둘러싼 채 자상하게 웃고 있는 사람들을 먼발치에서 지켜보았다.

"어라, 애가 어느 쪽도 안 닮았네. 쟤 성형했어?"

노부요는 인사로라도 예쁘다고는 할 수 없을 아기 얼굴을 흉내 내며 말했다.

"아빠가 누군지도 모를걸?"

"그만두기 전에 출장마사지 했잖아⋯⋯."

"말 안 했을걸. 침대에서도 일부러 서툰 척한대."

"치밀하네⋯⋯."

타인의 행복에 트집을 잡아 있는 일 없는 일 멋대로 말해 버리면 가슴이 후련해진다. 노부요와 동료들은 굳이 말을 보태지 않고 함께 웃었다.

"노부요, 아침에 고마웠어."

노부요와 가장 사이가 좋은 네기시가 다가와 자판기에서 사온 캔커피를 노부요에게 건넸다.

"괜찮은데. 서로 돕는 거지."

노부요는 캔을 받아 마시지 않고 손을 데웠다.

아이를 어린이집에 데려다줘야 하는데 시간이 좀 걸린다

고 라인 메시지가 와서 출퇴근 카드를 대신 찍어주었다.

"무슨 일이었어? 열?"

"볼거리래, 볼거리. 유행이라나봐, 어린이집에서……."

네기시에게는 네 살, 두 살 난 아들이 있다. 남편은 구직 중. 너나 나나 남자 때문에 고생이라고 서로 위로하곤 했다.

"너도? 여기."

노부요는 네기시의 뺨을 만지며 그녀의 둥근 얼굴을 놀려주었다.

"아이…… 뭐야, 나는 아니야."

"싫은데…… 옳지는 않는 거지?"

다들 일부러 네기시를 피하는 척, 앉아 있던 둥근 의자를 가지고 이동했다.

　　　　　　　　　　※

노부요가 일하러 나가고 나면 아키도 화장을 하고 어느 틈엔가 외출하는 듯했다.

쇼타는 대개 벽장 안에서 오래된 교과서를 읽으며 오전을 보낸다. 하쓰에와 아키가 자고 있는 불단 뒤쪽에 지금은 창고처럼 쓰는 아이방이 있다. 세일러복을 입고 요요를 든 아이돌 포스터, 여행지에서 산 페넌트가 변색된 채로 벽에

장식되어 있었다.

방에 놓인 책상 뒤쪽으로 벽장이 있는데, 거기에 하얀 비닐 끈으로 묶어둔 초등학교 교과서나 서예 도구가 보관되어 있었다. 어린아이 글씨로 '시바타 오사무'라고 이름이 쓰여 있었다. 오사무가 어린 시절에 사용했구나 하고 쇼타는 생각했다. 그 교과서를 1학년부터 순서대로 읽기 시작해 지금은 4학년까지 진도가 나간 상태이다.

이대로 유리는 여기서 살 작정일까. 쇼타는 살짝 불안해졌다. 지금 생활에 만족하는데, 갑자기 가족이 한 명 늘고 생활이 변해버리지 않을까.


유리는 쇼타의 맨투맨과 트레이닝 바지를 입고 아침부터 내내 고타쓰 옆에서 잠들어 있었다.

아무것도 마시지 않고 아무것도 먹지 않고 오로지 잠만 잤다. 쇼타는 유리가 숨을 쉬는지 확인할까도 싶었지만, 안쓰러워서 그냥 두자고 생각했다.

정오를 넘긴 즈음, 역시나 그대로 두고 보던 하쓰에가 화장대 서랍에서 멘소레담을 꺼내와 유리 옆에 앉았다. 그러고는 엎드려 자는 유리의 등을 가볍게 흔들었다. 유리는 천천히 상반신을 일으켰다. 하쓰에는 아무 말 없이 유리의 팔에 멘소레담을 바르기 시작했다. 그리고 몇 번이고 "병아 병아 물러가라!" 하고 주문처럼 외웠다. 코를 톡 쏘는 멘소레담 냄새가 쇼타가 있는 벽장 안까지 풍겼다.

그때 "계십니까" 하고 마당에서 남자 목소리가 들렸다. 하쓰에는 멘소레담을 손끝에 묻힌 채 움직임을 멈췄다.

"민생위원 요네야마입니다. 어르신 계십니까?"

대문 앞에 서 있는 모양이었다. 남자는 다시 한 번 큰 목소리로 말했다.

하쓰에는 '유리를 데리고 뒷문으로 나가'라고 쇼타에게 눈짓한 뒤, "네에네에" 하고 대답하며 일어나 툇마루로 향했다. 쇼타는 어쩔 수 없이 유리에게 따라오라고 신호를 준 뒤 뒷문으로 갔다.

두 아이가 주방 안쪽으로 사라진 것을 확인한 다음, 하쓰에는 거실 툇마루에 면한 유리문을 얼굴이 나올 만큼만 열었다.

"어르신, 요네야마입니다. 민생위원요."

집 안을 들여다보던 중년 남자는 하쓰에를 보자 문을 열고 마당으로 들어왔다.

"저쪽으로 돌아오게, 저쪽으로."

하쓰에는 요네야마를 현관으로 안내했다.

몇 개월이나 청소하지 않은 것일까. 먼지 뭉치가 굴러다니는 현관을 보자 요네야마는 앉기가 거북했다. 바지가 더러워지지 않도록 검은색 가죽점퍼 주머니에서 손수건을 꺼내 바닥에 깔았다.

"가네코 씨네 할머니도 결국 아파트로 이사 가셨어요……자식이 셋이나 있다던데."

요네야마는 주방에서 차를 준비하는 하쓰에게 말을 걸었다. 가네코는 하쓰에보다 세 살 위로, 한때 하쓰에와는 서로 집을 오갈 정도로 사이가 좋았다. 하지만 다리를 다친 후 노망이 들자 가족이 밖으로 내보내지 않는 듯했다.

"어쩐지 요즘 안 보인다 했어."

주방에서 하쓰에의 목소리가 들렸다.

"어르신도 말이죠, 아드님이랑 잘 의논해보세요. 하쿠타라고 하셨던가요?"

나무쟁반에 찻잔 하나만 내어온 하쓰에는 "웃차" 하고 큰 소리를 내며 현관에 쪼그려 앉은 뒤 요네야마 앞에 찻잔을 놓았다.

요네야마는 일단 잔을 손에 들었지만, 테두리에 커다란 오물이 붙은 것을 발견하고는 입을 대지 않고 쟁반 위에 내려놓았다. 하쓰에는 그 모습을 보고 심술궂게 잇몸을 보이며 웃었다.

"어딘가 부동산에서 부탁받고 이러는 거지?"

"아, 아니에요. 나이 들어서 혼자 사는 것도 아무래도 불편하시고 그렇잖아요."

"자네, 언제부터 그리 좋은 사람이었나?"

"아휴…… 이제 땅투기 같은 거 안 해요."

버블 시절 요네야마는 화려한 말솜씨와 뛰어난 수완으로 재개발에 한몫을 담당한 인사였다. 부근에서 오랫동안 살아온 노인들을 구슬려 퇴거하게 만든 것이다. 그 일로 행복해진 사람보다는 불행해진 사람이 더 많을 것이다.

"내가 여기서 나가주면 자네한테 얼마가 떨어지는데?"

하쓰에는 다시 한 번 빙긋이 웃고는 손에 든 귤을 이 없는 잇몸으로 갉듯 먹었다.

어른용 샌들을 신고 뒷문으로 빠져나온 쇼타와 유리는, 집에서 북쪽으로 휘이 돌아 맨션 후문으로 들어가 정문 주차장으로 빠져나왔다. 유리는 쇼타를 뒤따라 걸으면서 하쓰에가 발라준 멘소레담 냄새를 맡았다.

"할머니는 어디든 멘소레담만 바르면 전부 낫는 줄 알거든……."

쇼타는 포기했다는 듯 말했다.

집 근처에는 새로운 고층맨션이 여러 채 올라가고 있었다. 옛날부터 이곳에 살던 사람들은 이제 거의 없었다.

그래서 쇼타네가 이 집에서 어깨를 맞대고 같이 살아도 누구도 신경 쓰지 않았다.

쇼타는 딱히 목적지도 없이 어슬렁어슬렁 강변길을 걸었다. 유리가 뒤를 졸졸 따라왔다.

쇼타는 발밑 풀숲에 떨어진 자전거 벨을 주워 유리에게 보여주었다.

"이것 봐."

유리는 아무 반응도 보이지 않았다. 손으로 문질러 흙을 털어내자 은색이 드러났다. 살짝 녹슬기 시작했지만 사포질 해주면 반짝반짝해질 것이다. 쇼타는 파카 주머니에 벨을 넣었다.

맞은편에서 책가방을 맨 남자아이 둘이 걸어왔다. 미술 시간에 만든 것인지 커다란 공작물을 안고 있다.

"집에서 공부할 수 없는 애들이 학교에 가는 거야."

스쳐가는 두 아이의 뒷모습을 바라보며 쇼타는, 오사무에게 배운 대로 되뇌었다. 학교에 가고 싶다고 생각한 적은 없었다. 그런 데 다니지 않아도 오사무에게 '일'을 배우고 있고, 자신은 이제 어른이라고 생각하기 때문이다. 학교는 어엿한 성인이 되기 전인 꼬마들이나 다니는 곳이라고 생각했다.

그래도 유리가 자신을 보는 시선이 신경 쓰인 쇼타는 자신이 저 '꼬마' 녀석들과는 다른 존재라는 것을 알려주고 싶은 마음에 '야마토야'에 가기로 했다.

야마토야는 주택가에 덩그러니 남겨진 오래된 막과자 가게이다. 가끔, 오사무에게 일용직 일이 들어와 사정이 여의치 않을 때면 쇼타는 혼자서도 '일'할 수 있는 이 가게를 찾았다.

"가게에 진열된 것은 아직 누구의 것도 아니니까."

복고 열풍을 타고 리뉴얼된 쇼와昭和 시대의 막과자가 성인들의 인기상품으로 주목받는다고들 하지만, 야마토야는 정말 옛날 그대로인 쇼와 막과자 가게이다. 가게의 목제 선반에는 두루마리 화장지, 샴푸, 칫솔 같은 일용품도 놓여 있다. 테이블도 마련되어 있어서 지금 막 한 노인이 컵볶음국수에 뜨거운 물을 받아 소중한 듯 두 손으로 들고 테이블로 간 참이다. 집에서 물 끓이기가 귀찮은 독신자에게는 편리한 시스템이었다.

가게에 들어간 쇼타는 '보고 있어'라고 유리에게 신호를 보낸 뒤, 시합 직전의 선수 같은 얼굴로 선반 앞에서 때를 기다렸다. 입구에는 도난 방지용 거울이 붙어 있다.

거울 속에 가게 주인인 야마토 할아버지가 보인다. 할아버지는 언제나 입구 옆에 한 단 높게 만들어진 방에서 차를 마시며 장기를 두었다. 손님이 물건을 살 때만 가게에 내려올 뿐 거의 고개도 들지 않기 때문에 쇼타가 '일'을 하기에는 최적인 가게였다. 물론 방범카메라 같은 건 설치되어 있지 않다.

그러나 확실한 기회를 만들기 위해서는 할아버지가 방에서 나가기를 기다리는 편이 나았다.

때는 생각지도 못하게 바로 찾아왔다. 비슷한 연배의 할아버지가 찾아와 "어이, 담배 있나?" 하고 말을 걸었다.

'어어'인지 '으으'인지 구별이 잘 되지 않는 소리로 대꾸하며 할아버지는 느긋하게 일어나 가게로 내려갔다. 할아버지는 하쓰에처럼 장롱 깊숙한 곳의 좀약 냄새를 풍기며 쇼타 바로 옆을 지났다. 그리고 선반에서 '와카바'라는 싸구려 담배를 한 갑 집어 카운터에 내놓았다. 쇼타의 존재는 완전히 사각死角에 들어왔다. 단골손님인지 두 노인은 "춥구만" "사람 잡는 날씨야" 하며 잡담을 시작했다.

쇼타는 재빠르게 예의 의식을 치르고 과자 한 봉지를 주머니에 넣었다. 그러고는 유리 앞을 지나 안쪽 선반에 놓인 샴푸를 집어 그대로 가게를 빠져나갔다. 할아버지는 손님과 내일 날씨를 화제로 대화를 주고받고 있었다. 유리는 내내 가게 안에 우두커니 서 있었다. 지금 일어난 일이 이해되지 않는 모양이었다.

바깥으로 나온 쇼타는 슬쩍한 과자와 샴푸를 양손에 하나씩 든 채, 어때 하고 말하듯 유리를 향해 가볍게 턱을 들어 보였다.

반응이 없어 살짝 실망했지만 '이리 와' 하고 눈으로 신호를 준 뒤 쇼타는 먼저 걸음을 옮겼다.

유리도 주인 할아버지를 신경 쓰며 쇼타를 쫓아 가게에서 달려 나왔다.


둘은 강변에 있는 커다란 주차장으로 갔다. 주차장이라고 해도 시간제 요금을 매기는 곳이 아니라 장거리 트럭 기사가 밤에 쪽잠을 자려 찾는 공터였다. 보도 쪽에는 사용하지 않는 텔레비전, 자전거 같은 대형 쓰레기가 버려져 있었다. 그 쓰레기와 나란히, 타이어도 라이트도 없는 차가 한 대 방치되어 있었다.

유리창도 거의 깨졌지만 그 차는 쇼타만의 아지트였다. 부서진 창 유리 대신 청테이프로 박스를 붙여 바람이 들지 않게 했다.

뒤쪽 유리창에는 파란 셀로판지를 발라서, 햇볕이 들면 바닷속 같은 푸른빛이 여기저기 반사되어 아름다웠다.

쇼타는 셀로판지를 배경으로 앉아서, 조금 전에 주운 자전거 벨을 콘크리트 벽돌에 문질러 광을 내기 시작했다. 유리는 그 모습을 바로 옆에서 바라보았다.

노부요가 입혀준 쇼타의 맨투맨은 소매가 한참 남았다. 그래서 유리는 아까부터 몇 번이나 소매를 끌어올렸다. 그때마다 멘소레담을 발라놓은 팔뚝의 화상 자국이 눈에 들어왔다.

"어쩌다 그랬니, 이거?"

벨을 갈던 손을 쉬며 쇼타가 물었다.

"넘어졌어."

유리는 어제와 같은 설명을 반복했다.

"불에 덴 거잖아."

"……"

유리는 말없이 바닥을 보았다.

"누가 그랬어? 엄마?"

그때까지 줄곧 시선을 내리깔고 있던 유리가 처음으로 얼굴을 들었다.

"엄마 좋아. 옷도 사주는걸."

유리는 쇼타를 정면으로 바라보며 반박했다. 아무리 학대받아도 자기 엄마를 나쁘게 말하는 건 싫은 것일까. 아니면 사랑받지 못한다는 사실을 인정하고 싶지 않은 것일까. 쇼타는 알지 못했다. 하지만 자신을 상처주는 상대를 감싼다면 강하게 살아갈 수 없다.

눈앞의 아이에게도 그 엄정함을 가르쳐주는 것이 자신의 역할이 아닐까. 쇼타는 그렇게 생각했다.


해가 지고 슬슬 배가 고파졌다. 쇼타와 유리는 차에서 나와 집으로 향했다. 유리가 이대로 자기 집에 돌아가도 아무 상관없을 것이었다. 노부요도 그 일로 쇼타를 혼내지는 않을 것이다. 오히려 한시름 놓을지도 모른다. 하지만 유리는 쇼타 뒤를 졸졸 따라온다.

마음을 확실히 표현하지 않은 채, 유리는 집 앞까지 왔다. 술집 '호비'를 지난 지점에서 쇼타는 멈춰 서서 유리를 돌아보았다.

"어떻게 할래? 집에 갈래?"

유리는 아무런 말이 없다.

쇼타는 푸른 함석 길을 걷기 시작했다. 반짝반짝하게 잘 닦은 자전거 벨을 울려보니 따릉따릉따릉 기분 좋은 소리가 났다. 쇼타는 이 소리가 좋았다.

유리는 뒤를 따라오고 있다. 그것을 확인하자 쇼타는 어째서인지 마음이 놓였다.

저녁은 스키야키였다. 말은 그랬지만 내용물이라고는 거의 배추와 곤약국수뿐이었고 고기도 소고기가 아니라 삼겹살이었다.

쇼타는 한 그릇 더 먹으려 벽장에서 나와 냄비를 들여다보았지만 좀체 고기를 발견하지 못하고 연신 젓가락만 휘저었다.

아키는 쇼타가 훔쳐온 샴푸를 바구니 안에서 발견하고 집어 들었다.

"뭐야, 메리트 샴푸야?"

아키는 불만스러운 듯 말했다.

"야마토야에는 메리트밖에 없어."

"나 메리트 냄새 별로 안 좋아하는데."

"배부른 소리 마."

아키의 불만을 노부요가 딱 잘라 저지한다. 엄마처럼 가족을 대하는 노부요에게 아키는 때때로 짜증이 났다.

"근데, 유괴야 이거. 어떻게 봐도."

아키는 짜증의 포인트를 바꿔, 노부요에게 날카로운 시선을 던졌다. 그리고 방구석에서 감자칩을 먹는 유리를 턱으로 가리켰다.

"아니지…… 딱히 감금도 몸값 요구도 하지 않는걸."

노부요는 일부러 유리를 보지 않으면서 말했다.

"그게 문제가 아니잖아."

"실종신고를 안 했나……."

하쓰에는 쪽쪽 소리를 내며 고기를 빨더니 도로 접시에 놓았다. 곤약국수랑 두부는 마시는 모양이었다. 아무래도 계속 보고 있으면 기분이 나빠지기 때문에 쇼타는 하쓰에가 접시에 뱉은 고기도 가능한 한 보지 않으려고 노력했다.

"지금쯤 후련해하고 있는 거 아냐?"

바라던 바이다. 노부요는 보란 듯이 유리 부모를 향해 적의를 드러냈다.

"배추밖에 없잖아."

포기한 쇼타는 배추만 가득한 접시를 들고 벽장으로 돌아갔다.

"배추가 얼마나 몸에 좋은데. 고기 냄새도 잘 배어 있고."

기껏 고기를 사오고도 불평이나 듣자, 스키야키를 준비한 노부요는 분개했다.

"늦네……."

하쓰에가 시계를 보며 중얼거렸다. 평소 같으면 오사무가 돌아왔을 시간이다.

"분명 이거 하는 거야."

노부요는 파친코하는 손 모양을 흉내 냈다.

"고기 덜어놓은 거야?"

"됐어…… 드셔……."

노부요는 팩에 조금 남겨둔 고기를 전부 냄비에 털어넣고 제 그릇에는 곤약국수를 덜었다.

"밀개떡은 이제 됐어."

노부요의 '밀개떡'이라는 말에 유리가 고개를 들었다.

아키가 제일 먼저 눈치채고 노부요에게 눈짓했다. 노부요는 뒤돌아 유리를 보았다.

"응? 밀개떡 좋아해?"

노부요가 묻자 유리는 고개를 끄덕했다. 이 집에 와서 처음으로 확실하게 의사를 표현한 것이었다.

하쓰에가 이리 오라며 젓가락을 흔들었다. 유리는 테이블로 다가왔다. 아키가 젓가락으로 집은 밀개떡을 하쓰에 그릇에 하나 떨어뜨렸다. 하쓰에는 입 주변에 엄청나게 많은 주름을 만들면서 후, 후, 하고 식힌 다음, 간이 배어 갈색이 된 밀개떡을 유리 입속에 넣어주었다. 모두 유리에게 주목했다.

"맛있어?"

하쓰에가 대표로 물었다.

입속에서 오물오물 밀개떡을 뒤집어가면서 유리는 분명

하게 고개를 끄덕였다.

"먹어본 적 있어?"

노부요가 물었다.

"응."

"누구랑?"

"할머니."

유리는 노부요의 얼굴을 보며 말했다.

이 아이는 태어나서 줄곧 엄마에게 맞고만 지낸 것이 아니었구나. 유리에게도 행복한 기억이 있음을 확인하자 모두가 조금은 마음을 놓았다.

아키가 냄비에서 밀개떡을 하나 더 건져 그릇에 놓았다.

"너무 많이 먹으면 밤에 또 그런다."

노부요는 또 오줌을 쌀까봐 걱정했다.

"그럼 할머니 이불에서 자면 되지."

하쓰에는 드물게 달콤한 목소리로 말했다.

"안 돼. 거기는 내 자리야."

아키는 이 집에 온 이후로 내내 하쓰에와 한 이불에서 잤다. 쇼타의 벽장처럼, 아키에게는 할머니의 이불과 그 냄새가 이 집에서 '있을 곳'이었다. 아무리 유리가 안쓰럽다 한들 모처럼 찾은 자신만의 안식처를 순순히 내어줄 순 없었다.

하쓰에는 텔레비전 옆에 둔 쟁반에서 소금병을 집어 들고는 뚜껑을 열어 유리의 손바닥에 톡톡 소금을 떨어뜨렸다.

"이거 핥아볼래?"

"엉? 소금?"

노부요가 황당하다는 듯 하쓰에를 바라본다.

"오줌싸개한테 좋아. ……예전에는 다들 이걸로 고쳤어."

"거짓말."

노부요는 그렇게 말하고 아키를 보았다.

유리가 손바닥에 있는 소금을 핥으며 얼굴을 찌푸렸다. 그 모습을 지켜보며 세 여인은 표정을 풀었다. 이런 시간은 오랜만이었다. 유리는 여기에 온 뒤 아직 한 번도 웃는 얼굴을 보여주지 않았지만, 지워졌던 감정이 조금씩 되살아나는 모양이었다.


"아, 왔다."

아까부터 바깥 소리에 귀 기울이고 있던 쇼타가 일어나 툇마루로 나갔다. 집 앞 큰길에서 자동차 문 닫히는 소리가 들린 것 같았다.

"택시 타고 온 거 아냐?"

아키가 그렇게 말하고 노부요를 보았다.

"죽일 테다……."

노부요가 중얼거렸다. 일용직 일당으로 한잔 걸치고 나니

간이 배 밖으로 나왔는지도 모른다.

쇼타는 유리문을 열고 툇마루에서 큰길을 내다봤다. 오사무가 어떤 사내의 어깨를 빌려 걸어오고 있다. 이웃집 개가 격렬하게 짖는다. 취한 줄 알았는데 아무래도 그건 아닌 듯했다.

가로등 불빛 아래 일순 하얀 목발이 보였다.

"다쳤나봐. 목발을 짚었어."

방 안을 돌아보며 쇼타가 외쳤다. 큰 소리를 내면서 문을 열고 들어온 오사무는 진보의 어깨에 기대어 있었다. 툇마루로 나온 하쓰에가 곧장 사태를 파악하고는 유리를 벽장에 숨기라고 노부요에게 눈짓했다.

위기 상황에서 노부요와 하쓰에의 콤비플레이는 늘 굉장했다.

"무슨 일이야?"

하쓰에가 두 사람에게 질문했다.

"일하다가 건물 위에서……."

진보는 거친 얼굴에 어울리지 않는 신묘한 목소리로 답했다. 넘어졌는지 오사무의 작업복은 여기저기가 더러웠고 오른쪽 다리에는 부목에 하얀 붕대가 둘둘 감겨 있었다.

"어이구."

하쓰에가 질렸다는 듯 반응했다.

진보를 집에 들이지 않고 싶다는 생각은 오사무도 공유하는 터라 몇 번이나 "여기까지면 됐어" 하고 말했다. 하지만 오사무가 예의 차리는 거라 생각해서인지 팀원을 다치게 한 책임감 때문인지 진보는 "방까지는 부축하겠습니다"라며 신발을 벗었다.

이런 상황에서 무리하게 쫓아내면 오히려 의심받게 마련이다. 노부요와 가족들은 작전을 바꿨다.

"……여기…… 이불…… 좀 더 안쪽까지."

하쓰에는 두 남자를 불 단 방으로 안내했다.

"부러졌어?"

노부요가 유리를 숨긴 뒤 돌아와 물었다.

"금…… 금 갔…… 바로 이렇게 되어버렸지 뭐야."

오사무는 다리를 좀 보라는 듯 왼손을 활짝 펼쳐 보였다.

쇼타는 툇마루에서 건네받은 목발을 손에 든 채 이 광경을 멀찌감치 떨어져서 지켜보았다.

"방이 엉망진창인데. 아키…… 손님한테 차 좀……."

아키는 불 단 방의 전등을 켠 다음 찻물을 끓이러 주방으로 향했다.

"어쩐지 아침부터 예감이 안 좋더라니. 그런데 가라고 가라고 막 그래서."

오사무는 이제 와서 해봐야 소용없는 이야기를 늘어놓으

며 노부요를 탓했다. 그냥 투덜거리는 것뿐인 줄은 알지만 노부요는 안쓰러운 마음이 들어 딱히 반박하지 않았다. 미친 듯이 짖어대던 개는 오사무가 방에 들어가자 갑자기 조용해졌다.

"이러면 한 달은 일 못 나갈 텐데."

이불에 누운 오사무를 내려다보며 노부요가 말했다. 몸 상태보다 수입이 없어질 일이 걱정이었다.

"산재 처리 해준다는데…… 일용직도…… 그치?"

오사무는 동의를 구하듯 진보를 보았다.

"네…… 아마."

진보는 오사무를 보지 않은 채 적당히 얼버무렸다.

"정말? 그럼 금 가는 거보다 확실하게 딱 부러져야 더 좋은 거 아냐?"

노부요는 산재라는 단어에 흥분했는지 상황에 어울리지 않는 밝은 목소리로 말했다.

"농담할 때냐. 죽는 줄 알았고만."

노부요는 오사무의 호들갑에 또 한 번 웃음을 터뜨렸다. 보나마나 한눈팔다가 계단에서 굴러 떨어졌을 것이다.

아키가 진보 앞에 찻잔을 놓고 인사를 건넸다.

"예쁘네요."

진보는 거실로 가는 아키를 눈으로 쫓으며 말했다.

"아아…… 아내의 여동생이야."

"이복동생이에요……."

하쓰에가 재빠르게 설명을 덧붙였다.

"이쪽은 어머니."

그때 벽장 안에서 커다란 소리가 났다. 유리이다. 노부요는 소리가 난 쪽으로 가서 벽장을 등지고 섰다.

하쓰에는 대충 무마할 목적으로 진보의 두꺼운 가슴팍을 쓰다듬었다.

"이야, 몸이 참 좋네…… 무슨 운동했대?"

"고등학교 때까지 농구요."

생전 처음 보는 노파가 갑자기 몸을 만지자 진보는 그대로 얼어버렸다.

"아…… 이런 거?"

하쓰에는 착각해 배구 스매싱 흉내를 냈다.

'가족다운' 행동을 의식한 나머지 모두 묘한 분위기를 형성하고 있다는 걸 정작 본인들은 몰랐다.

"가족이 있었네요? 혼자 살 거라고 생각했는데."

진보가 이부자리에 누운 오사무에게 말했다.

"응, 다들 그런 줄 알더라고……."

"어이, 꼬맹이, 여기 좀 와보련? 아빠 회사 높은 분이셔."

하쓰에가 쇼타를 불렀다.

"꼬맹이 아냐."

쇼타는 목발을 든 채 다가와 하쓰에 옆에 앉았다.

"우리 장남, 쇼타."

오사무는 누운 채 쇼타를 가리켰다.

"안녕하세요."

쇼타는 고개를 까딱 숙였다.

"몇 학년?"

"……4학년."

진보의 질문에 쇼타는 순식간에 거짓말을 했다. 이럴 때
보면, 열 살이라 생각할 수 없을 만큼 임기응변이 훌륭하다.

"우리 집 녀석이랑 같네."

진보는 처음으로 웃는 얼굴을 보였다.

바깥 상황이 궁금했는지 유리는 벽장문을 살짝 열어 좁
은 틈으로 내다보았다. 노부요가 눈치채고는 손을 뒤로해
슬쩍 닫아버렸다.

※

유리가 이 집에서 산 지 한 달이 지났다.

노부요는 텔레비전과 신문을 평소보다 주의 깊게 체크하
고 있지만, 아이가 행방불명되었다는 뉴스는 나온 적이 없

는 듯했다. 가능한 한 밖에 나가지 않게 하라고 하쓰에와 쇼타에게는 말해두었지만, 외출을 전면 금지한다면 굳이 여기에서 생활하는 의미가 없을 것이다.

들키면 그때 고민하자. 보호중이었다고 정색하며 말해줘야지. 그렇게 생각했다. 그런 일이 생기면 우리는 분명 세상 사람들의 질타를 받겠지.

그 대신 유리를 방치한 친부모도 무사하지는 못할 것이다. 노부요에게 이것은 삼십 년 전 자신이 당한 일에 대한 복수이기도 했다.

오사무가 다친 뒤로 쇼타는 '일'을 혼자 해야 했다. '신선 마트'는 어렵고, 좀 더 규모가 작은 '사카이야'라는 슈퍼를 노렸다.

오늘은 유리를 데리고 가서 '견학'을 시켰다.

가게를 나온 쇼타는 무거워진 배낭을 맨 채 도망치듯 달렸다. 유리도 뒤따라 달렸다.

상점가를 지나 작은 골목으로 들어가 콘크리트 블록에 나란히 앉았다. 쇼타는 배낭에서 오늘의 전리품을 하나씩 꺼내며 '자, 어때'라고 말하듯 유리에게 보여주었다.

"나중에 가르쳐줄게."

유리는 작게 고개를 끄덕였다. 쇼타는 어쩐지 유리가 자신을 보는 시선에 존경이 담긴 것 같아 기뻤다.

자신이 유리에게 '일'을 가르쳐주는 선생님 역할을 맡아야 한다. 오사무가 딱히 말로 한 적은 없지만 쇼타는 그렇게 생각했다.

"이거 네가 좋아하는 거지?"

쇼타는 좀 전에 슬쩍한 밀개떡을 배낭에서 꺼내 보여주었다. 유리는 고개를 끄덕였다. 할머니가 먹여주었다던 그 밀개떡이다.

"할머니는 자상하셨어?"

쇼타가 물었다. 쇼타는 이 집에 오기 전 가족의 기억이 전혀 없었다. 아빠에 대한 것도, 엄마에 대한 것도. 그러니 할머니에 대한 기억 같은 건 있을 리 만무했다.

그래서 유리가 '할머니'라고 말했을 때 쇼타는 살짝 부러운 마음이 들었다.

"같이 살았어?"

쇼타가 또 한 번 물었다.

"지금은 천국에 있어."

유리는 고개를 끄덕이며 말했다.

아마 할머니의 죽음을 기점으로 이 아이의 인생은 우울하게 급변했을 것이다.

하지만 언제까지고 그런 달콤한 기억에 젖어 있을 수만은 없다.

쇼타는 인생 선배로서 그렇게 생각했다.

"자, 이제 그만 잊어버려."

열 살 나름의 인생철학에서 우러나온 따뜻한 말이었다.

※

아키는 하쓰에를 따라 은행에 왔다. 오늘은 두 달에 한 번 연금이 들어오는 날이다. 이날 하쓰에가 손에 넣은 11만 6000엔은 가족의 생활을 지탱하는 데 무엇보다도 중요했다.

"그러니까…… 저기…… 1192…… 가마쿠라 막부*."

하쓰에는 ATM 앞에서 소리 내어 계좌 비밀번호를 말해 버렸다.

"다 들겠다. 소리 내어 말하면 안 돼."

"소리 안 냈어."

"냈으면서."

실수하고 딴죽 걸고 티격태격하는 두 사람은 사이좋은 할머니와 손녀 그 자체로 보였다.

은행에서 돌아오는 길에 두 사람은 근처 신사에서 참배

---

* 역사 시간에 흔히들 '좋은 나라[이이쿠니]'의 음을 빌려 1192[이치이치큐니] 년을 연상해 '가마쿠라 막부 1192년'을 암기한다

를 했다.

하쓰에는 이거라도 하자는 심정으로 힘차게 본당 종을 울렸다.

"너무 커, 할머니."

"괜찮아, 커도."

"어째서?"

"이렇게 해서 깨우는 거야."

"뭐를?"

"신 말이야."

"신이 자고 있어?"

"그럼. 몰랐어?"

정식으로 순서를 지켜, 두 번 절하고, 박수 두 번, 다시 한 번 절한 뒤 하쓰에는 본당 옆에 있는 오미쿠지* 상자에 손을 넣었다. 섞거나 흔들지 않고 그대로 제비를 뽑은 다음 돌계단을 내려오기 시작했다.

"어? 돈은?"

아키가 주변을 신경 쓰며 하쓰에의 등 뒤에서 말했다.

상자에는 하나에 100엔이라고 적혀 있다.

"괜찮아. 아무도 안 보잖아."

---

\* 길흉을 점치는 제비

하쓰에는 아무렇지 않게 말했다. 아키도 하쓰에에게 배운 대로 오미쿠지 하나를 손에 들었다.

"하나 둘 셋!"

겨울 햇살이 조용히 비쳐드는 경내를 걸으며 두 사람은 오미쿠지를 동시에 펼쳤다.

"할머니는 뭐야?"

"……말길末吉."

"나는 소길小吉…… 이거…… 뭐가 좋은 거야?"

아키가 하쓰에의 오미쿠지를 들여다보았다.

"기다리는 자는 오지 않네."

이번에는 하쓰에가 아키 쪽을 들여다보았다.

"연애. 서두르지 말 것. 지금은 때가 아니다."

두 사람은 얼굴을 마주 보며 생각했다.

"둘 다 별로인 거네."

하쓰에는 그렇게 말하고 오미쿠지를 동그랗게 구겨 윗옷 주머니에 쑤셔넣었다.

"길이기는 하잖아."

아키도 툴툴거린 뒤 하쓰에의 팔짱을 끼고 나란히 걸었다.


신사를 빠져나온 두 사람은 참배길에 있는 '가도야'라는 오래된 디저트 가게에 들렀다.

하쓰에는 옛날부터 이 가게의 단팥죽을 좋아했다. 간이 적당하고 너무 달지 않기 때문이다. 고민 끝에 아키는 안미쓰*를 주문했다.

단팥죽 앞에 앉은 하쓰에는 직사각형의 작은 종이를 들고 있었다. '옵션표'라고 인쇄된 종이에는 이름과 방번호, 그리고 서비스 내용과 가격이 나열되어 있었다. 아키가 아르바이트하는 윤락업소의 것이었다.

"이게 뭐니? 숫총죽……."

"숫총각 죽이기."

"뭐 하는 건데?"

한천 한 조각을 입에 넣고 아키는 아르바이트에 대해 설명하기 시작했다.

"옆가슴이 살짝 보이는 니트 원피스를 입고 막 이렇게 하는 거지."

아키는 상체를 숙이고 가슴을 좌우로 흔들어 보였다.

"옆가슴 말이지……. 그런 게 인기구나……."

하쓰에는 얼굴을 찌푸리지 않고 흥미진진하다는 듯 아키를 보았다.

"응. 3000엔을 가게랑 여자랑 반반씩."

---

\* 　떡, 과일, 한천 등과 함께 먹는 차가운 팥 디저트

"좋구나. 그렇게 하고 돈을 받다니."

하쓰에는 단팥죽 안에 든 떡을 젓가락으로 집어 소리를 내며 잇몸으로 깨물어 먹기 시작했다. 남들 눈에는 상당히 흉한 모습이겠지만 아키는 아무렇지도 않았다.

"할머니도 받으면서……."

하쓰에가 받는 연금은 죽은 남편의 유족연금이었다. 남자한테 받는다는 의미에서는 크게 다르지 않다고 아키는 생각했다.

"나는 뭐랄까, 위자료 같은 거지."

"위자료? 연금이?"

아키는 그렇게 되물었다. 하쓰에는 잠시 다시 생각하더니 "그래…… 연금, 연금" 하고 아키의 말을 반복하다가 "이거 먹어라" 하고 아키의 안미쓰에 먹던 떡을 얹었다. 아키는 그 떡을 먹고 싶지 않았지만, 그렇다고 싫은 내색을 하지도 않았다.

"그런 거구나……."

동정하듯 아키는 말했다. 하쓰에의 남편은 결혼하자마자 바깥에 여자를 만들더니 하쓰에와 아들을 버리고 나가버렸다. 하쓰에는 혼자 힘으로 아들을 키웠지만 고생하지 않은 것은 아니었다. 무엇보다 버림받았다는 한이 엄청났다.

하지만 아키나 노부요 앞에서는 남편 험담을 하지 않았

다. 행세깨나 하던 시절의 여유로운 생활이 그리운 듯 추억하는 하쓰에에게서는 지금도 남편에 대한 굳건한 애정이 느껴졌다. 그러면 그럴수록 더욱 안타까워 보였다.

"근데, 있잖아……."

아키가 이런 생각을 하던 참에 돌연 하쓰에가 물었다.

"……왜 이름을 '사야카'라고 지었어?"

"왜냐니?"

갑작스러운 질문에 아키는 자신의 표정이 굳은 것을 알았다. '사야카'는 윤락업소에서 쓰는 아키의 예명이었다.

"심보가 고약하다니까."

하쓰에는 단팥죽에 묻고 있던 얼굴을 들어 아키를 바라보았다.

"누굴 닮아서 그럴까?"

본심을 들키지 않으려는 듯 아키는 일단 웃어 보였다.

오사무는 시커멓게 때탄 깁스를 한 채 거실 안을 걷고, 유리는 오사무에 보조를 맞춰 고타쓰 콘센트를 뽑았다가 꽂기를 반복했다. 뭔가 연습하는 모양이었다.

"그래그래, 이 타이밍이야."

오사무는 유리의 머리를 쓰다듬으며 고타쓰 위에 앉았다.

"유리, 너 꽤 소질 있구나."

오사무의 말에 유리는 배시시 웃었고, 두 사람은 하이파이브를 했다.

쇼타는 자신이 가르쳐야지 하고 생각한 유리를 오사무에게 빼앗긴 것 같아 시선을 딴 데로 돌렸다.

연습을 마치고, 오사무는 포도를 먹기 시작했다. 다쳐서 들어온 다음주에, 소장을 대동하고 찾아온 진보가 가져온 문병 선물이었다. 비싼 포도라고 해도 벌써 열흘이 지났으니 맛있는 때는 지나버렸다.

"오늘은 출근이 늦네?"

주방에서 설거지하는 노부요에게 오사무가 물었다.

"워크셰어한대."

"그게 뭔데?"

"월급 주기 힘들다고 열 명은 오후에만 나오래."

"다 같이 조금씩 가난해지는 거네?"

"뭐, 그런 거지."

노부요는 고타쓰까지 와서 오사무가 먹고 있는 포도 접시를 걷어 갔다. 빨리 설거지를 끝내고 싶은 것이다.

"어이, 아직 덜 먹었는데."

오사무는 접시에 손을 뻗었지만 간발의 차로 늦었다. 아쉬워하며 오사무는 손에 남은 포도 한 알을 입에 넣었다.

"그나저나 산재 처리가 안 될 줄이야."

"그러게. 돈 나올 줄 알고 잘해줬는데……."

잠시 놀고먹을 수 있지 않을까 싶던 오사무의 기대는 한 순간에 와르르 무너져버렸다. 노부요도 마찬가지였다.

"문제없겠지? 그 사람?"

노부요는 집 안에 들어왔던 진보가 신경 쓰였다.

"우리 따위 관심도 없을걸……."

"그래도 사람 괜찮아 보이던데……. 그 사람은 정규직이야?"

"으응."

오사무의 눈에 잠시 질투의 빛이 머물렀다.

"좋겠다아아, 정규직. 부러워……."

노부요는 오사무에게서 가져온 포도를 먹고 싱크대에 껍질을 뱉었다.

쇼타가 주방 테이블 위에 둔 장신구 하나를 집어 들고 노부요에게 보였다.

"있지, 이거 뭐야?"

"넥타이핀. 너 가져. 짝퉁이지만."

노부요는 쇼타의 가슴께에 넥타이핀을 꽂아주면서 싱긋 웃었다.

노부요가 세탁공장에서 멋대로 가져온 손님의 분실물이었다.

기분이 좋은 듯 쇼타는 넥타이핀을 꽂은 채 벽장으로 들어갔다.

그 모습을 보고 있던 유리도 자리에서 일어나 쇼타를 따라 벽장으로 들어갔다.

쇼타는 헬멧 램프를 켜고 넥타이핀을 비춰보았다. 오렌지색으로 빛나는 달걀 모양 스톤이 조명을 받아 반짝였다.

예뻤다. 짝퉁이라지만 예뻤다. 쇼타와 나란히 앉은 유리도 얼굴을 갖다대고 자세히 보았다.

"갖고 싶어?"

쇼타가 물었다.

"응."

유리가 솔직하게 대답했다.

"안 줄 거야."

쇼타는 애초에 대답은 정해져 있었다는 듯 차갑게 말했다. 자기 말고 다른 사람에게 '일'을 배운 데 대한 복수였다.


"노인네 연금이 7만 엔 정도였나?"

깁스 밖으로 나온 오른발 엄지발가락을 손톱으로 긁으며 오사무가 말했다.

"7만…… 그래도 훌륭하네…… 남편이 죽고 나서도 덕을 보는 거잖아……."

부부만 있게 되자 두 사람의 대화는 단숨에 독을 풍겼다. 늘 있는 일이었다.

"잘난 척하기는. 자기가 번 것도 아니면서. 사실, 우리가 부양하는 거지."

"있지 있지" 하고 가까이 들이대는 노부요의 얼굴에는 한 층 더 악의가 깃들어 있었다.

"어디다 감추거나 숨긴 거 아냐?"

나도 계속 그 생각을 했어, 하고 오사무가 들떠 말했다.

"나는 저 방이 미심쩍더라고."

오사무는 불단 뒤쪽 아이방을 가리켰다.

"다음에 노인네 없을 때 살짝 뒤져보……."

"쉿!"

마당에서 무슨 소리가 들려오자 노부요가 검지를 입 앞에 세웠다. 현관문이 열리고 하쓰에가 들어왔다.

"다녀오셨어요."

노부요가 밝은 목소리로 말했다.

"나 왔어."

하쓰에의 목소리가 들렸다.

"어서 오셔."

오사무는 손바닥 뒤집듯 상냥해진 목소리로 말했다.

"신사 연못은 아직 얼었더라……."

"조심해요, 미끄러져서 허리라도 삐끗하면 큰일이니까."

지금만큼은 어머니 생각이 지극한 효자 같았다.

"아키는?"

노부요가 출근 준비를 하며 물었다.

"이거이거 한다고."

하쓰에는 좀 전에 아키가 한 대로 몸을 숙여 가슴을 흔들
어 보였다.

"뭐야, 안쓰럽게…… 손 꼭 붙잡고 끌고 오지 그랬어."

불단으로 향하는 하쓰에에게 오사무는 손을 내밀었다. 은
행에 들러 연금을 찾아왔다는 걸 알고 있었다.

"그 정도로 폭삭 늙어 맛이 가진 않았어."

하쓰에는 쏘아붙이며 그 손에 돈 대신 화과자 꾸러미를
건넸다.

"이게 뭐래?"

"밤양갱."

뾰로통한 오사무를 뒤로하고 하쓰에는 거실을 지나 불단
으로 갔다. 은행 봉투를 공양하고 종을 울린 다음, 두 손을
모았다.

불단에는 하쓰에를 버리고 집을 나간 남편의 사진이 여

전히 소중하게 놓여 있었다.

"할머니, 유리 잘 부탁해. 뭔가 먹을 만한 거 있으면 적당히 잘, 알지?"

노부요가 현관에서 하쓰에에게 말하고 밖으로 나갔다.

"적당히 잘이 뭐야……."

하쓰에는 곤란해했다.

"저기……."

오사무는 불단으로 와서 사진 앞에 밤양갱을 올렸다. 그리고 아첨하듯 웃음을 흘리더니 하쓰에의 옆구리를 찔렀다.

"뭐야?"

하쓰에는 알지만 모르는 체했다.

"갑시다."

오사무는 파친코하는 시늉을 해 보였다. 하쓰에의 연금을 밑천으로 삼자는 것이다.

"싫어. 잘하지도 못하면서."

하쓰에는 콧방귀를 뀌었다. 털어먹을 것이 빤한 상대에게 돈을 건네줄 만큼 천사표는 아니었다.

❋

하쓰에와 헤어진 아키는 그길로 긴시초로 향했다. 역에서 걸어서 오 분 거리에 있는 빌딩 사층에 그 가게가 있었다. 젊은 여자들이 교복 차림으로 '퍼포먼스'를 보여주는 '여고생 견학소'였다.

가게 입구 앞에 놓인 둥근 의자에는 오픈 시각인 오후 1시까지 기다리기 지겨워하는 손님 두 명이 나란히 앉아 있었다.

말없이 지나쳐 문을 열고 안으로 들어가자 정면에 접수 카운터가 보였다. 그 앞에는 '텐가TENGA'가 있고, 카운터 뒤쪽 벽에는 여기에서 일하는 여자들의 사진에 번호를 매겨 걸어두었다. 세일러복을 입은 아키의 사진도 있었다. 66번이다.

"안녕하세요."

낯빛이 좋지 않은 점장 와케에게 인사를 건넨다.

가게에 들어온 순간, 아키는 사야카로 변신한다.

"사야카, 쉴 때는 연락 좀 줘."

와케는 자상한 건지 배가 아픈 건지 알 수 없는 얼굴로 말했다. 점장이라고 해도 오너가 아니라 월급쟁이일 뿐이다. 매상이 떨어지면 그다음 달에 바로 해고되기 때문에 늘 자조적인 분위기로 웃고 있다.

아키가 출근했을 때, 동료들은 한창 교복으로 갈아입는 중이었다.

나이는 열아홉 살부터 스물여덟 살까지, 직업은 대학생부터 주부까지 다양했다. 스물세 살인 아키는 멤버 여덟 명 가운데, 위에서 세 번째였다.

"역시 단란주점이랑 두 탕 뛰기 너무 빡세. 못 잔 지 삼십 시간째야."

눈앞에 앉아 있는 대학생 하루미가 입이 찢어지게 하품했다.

하루미는 올해 사학년이 되는 모양이지만 학교에 거의 가지 않는 것 같았다. 유학자금을 벌기 위해 시작한 아르바이트가 어느새 본업이 되어버린 듯했다.

접수 카운터에 있던 와케가 방으로 들어왔다.

"아유, 2시 반부터 토크룸 예약 있어."

"네에엣."

아유는 속옷 차림으로 승리의 포즈를 해 보였다. 이 가게에서 여자들은 매직미러 너머 얼굴이 보이지 않는 손님 앞에서 교복 차림으로 자위행위를 보여준다. 견학소라는 이름답게 손님과는 매직미러로 가로막혀 직접적인 접촉은 불가능했다. 하지만 손님이 원하면 토크룸이라는 프라이빗룸에서 직접적인 서비스도 가능하다. 토크룸에서 하는 행위에 대해서는 가게가 일절 관여하지 않는다. 옵션인 무릎베개, 귀청소, 허그 등은 가게와 반반씩 나누는 것이 룰이었다. 이 이상의 '슈퍼 옵션'은 협상하기 나름이라는 암묵적인 동의가 있었고, 애초에 슈퍼 옵션을 목적으로 가게에 오는 손님도 있었다.

돈을 많이 벌고 싶어 여기서 일하는 여자도 있었고, 가게 밖에서 데이트하고 호텔 혹은 손님 집까지 따라가는 등 접대부처럼 움직이는 여자도 있었다.

"사야카…… 팬티 두 장 껴입었다고 손님한테 클레임 들어왔어. 속바지는 벗어."

와케의 말에 아키는 혀를 내밀었다.

"사야카, 일 너무 대충하는 거 아냐?"

"아니야. 추워서 그랬어."

"그리고, 하루미."

와케는 미안하기 그지없다는 듯 말했다.

"저요?"

"팬티 안에 손가락 넣는 거 금지야. 유의해줘. 걸리면 진짜 가게 문 닫아야 돼."

와케는 언제나처럼, 배가 아픈 듯한 얼굴이다.

"하루미는 너무 본격적인 거 아냐?"

아키가 면박을 주자 하루미는 "조용히 해" 하고 말을 잘랐다.

지기 싫어하는 하루미는 지명받는 횟수도 아유에게 이기고 싶은 모양이다. 아키는 그런 종류의 승부욕을 이해할 수 없었다.

아유와 하루미에 비하면 아키의 목적의식은 그다지 뚜렷하지 않았다. 무엇보다 손님과 직접 접촉이 없다는 점이 마음 편하고 좋았다. '사야카'를 찾는 단골손님도 몇 명 있지만 아키는 매직미러를 넘어서는 관계는 원하지 않았다.


"매번 감사합니다. 오늘은 휴일이세요?"

얼굴이 보이지 않는 손님을 향해 사야카가 미소를 지어 보였다.

"일. 그냥 안 갔어요."

손님은 화이트보드를 사용해 사야카에게 답했다.

사야카가 '4번 손님'이라고 부르는 이 단골은 무슨 제조 회사의 영업사원이라고 했다.

"저도 수업 그냥 쨌어요……."

사야카의 콘셉트는 도쿄 도내 사립여고에 다니는 고등학생이었다.

"……."

"앞이 좋아요? 뒤?"

"앞."

"……."

"얼굴을 보고 싶으니까요."

대체 남자가 몇 살인지 얼굴은 어떻게 생겼는지 아키는 전혀 몰랐다.

"그럼, 시작할게요."

타이머 스위치를 눌렀다. 사야카는 교복 단추를 풀고 브래지어를 드러낸 뒤 치마를 걷어올린 채 퍼포먼스를 시작했다.

❋

'워크셰어'로 오후에 출근하게 된 노부요는 다림판 앞에 벌써 두 시간째 서 있었다. 등 뒤에 있는 대형 바지누름판이 증기를 뿜어대는 탓에 십 분만 있어도 등에 땀이 줄줄 흘렀다. 노부요는 잡담 한 번 하지 않고 묵묵히 다림질을 했다.

영업소에 갔다 돌아온 사장 고시지가 불쑥 다가오더니 "위에서 좀 보지" 하고 노부요를 불렀다.

무슨 일이지?

의아하게 생각한 노부요가 고시지의 뒷모습을 눈으로 쫓다가 바로 옆 다림판에 있던 네기시와 시선이 마주쳤다. 노부요는 장난하듯 오른손으로 자기 목을 자르는 시늉을 하며 웃었다.

'그러면 노부요보다 내가 먼저……'

네기시도 제 목을 자르는 시늉을 해 보였다.

'혹시 슬쩍한 거 걸렸나?'

'그럴 리가 없지. 저 양반 촉이 그닥 좋지 않은데.'

두 사람은 다림판 너머 팬토마임으로 대화를 계속했다.


사무실은 공장 이층에 있었다. 다다미 여덟 장 정도 넓이에, 벽에는 문이 제대로 닫히지 않는 회색 로커가 울퉁불퉁 늘어서 있었다. 그 옆에는 사장 책상과 경리를 보는 사장 부인의 책상이 사이좋게 자리하고 있고, 한가운데에 목제 테이블이 하나 놓여 있었다. 쉬는 시간에 사원들이 도시락을 먹거나 차를 마시는 곳이었다.

노부요는 그곳에 앉지 않고 문 앞쪽으로 섰다.

고시지는 사람을 불러놓고 노부요에게 등을 보인 채 자기 책상에서 늦은 점심을 먹고 있었다.

"횡령……이라뇨."

"응? 아닌가? 어쨌든 속였잖아…… 회사를."

"그래도 네기시가…… 어린이집에 애를 둘이나 데려다줘야 하니까."

고시지는 분실물 절도 건이 아니라 출근카드를 대리로 찍어준 일을 문제 삼았다.

"하니까?"

고시지는 매섭게 말꼬리를 잡았다.

"아니…… 그러니까 일 분 늦었다고 시급을 반으로 깎는 건 너무하지 않나요?"

회사의 사정을 내세워 일방적으로 워크셰어를 강요하고 월급을 줄인 데다, 멋대로 정한 규칙에 따라 시급까지 부당하게 깎는 건 이해가 되지 않았다.

"너무하지 않는데. 우리 직원이 삼십 명이야. 한 명이 일 분 늦으면 다른 사람에게 딱 그만큼 폐가 되거든. 일 분 곱하기 삼십이면 삼십 분. 그러니까 반액인 거지."

고시지의 논리는 어디에서도 통하지 않겠지만, 여기에서는 그가 곧 절대정의였다.

이해할 수 없었지만 여기에 더 있어봐야 불쾌해질 뿐이라는 생각에 노부요는 머리 숙여 인사하고 방을 나오려고 했다.

"동료의식이라고는 찾아볼 수가 없구만……."

등 뒤에서 고시지가 불쾌한 말을 던졌다. 노부요는 문을 열고 반쯤 나가다가 순간 얼어붙었다. 그리고 눈을 질끈 감은 채 천천히 뒤를 돌아보았다.

"……네?"

노부요의 눈에는 평소와 달리 차갑게 식은 빛이 머물러 있었다.

"리베이트 받고 그러는 거 아냐? 본 사람도 있어. 음료수를 뇌물로 바치라고 한다며."

고시지는 젓가락을 든 손으로 출근카드 찍는 동작을 해 보였다. 친구간의 선의가 '리베이트'라는 말로 더럽혀진 기분이 들었다. 누군가가 고자질한 모양이었다. 누군지 알게되면 뺨이라도 한 대 갈겨주리라. 노부요는 생각했다.

그래도 노부요는 참았다. 여기서 참지 못하고 대들면 그일로 해고될 것이다.

아니, 어쩌면 그걸 노리고 도발하는 것이 아닐까?

노부요는 치미는 부아를 가라앉히며 방에서 나왔다.

지금 공장을 그만둘 수는 없다. 노부요의 머릿속에는 자신을 바라보는 가족들 얼굴이 떠올랐다.

오사무의 제안을 거절한 하쓰에는 혼자 역 앞 파친코 가게로 향했다.

파친코는 하쓰에의 유일한 취미였다. 집에서 가져온 귀마개로 주위 소음을 차단한 뒤, 늘 하는 '바다이야기'라는 익숙한 기계 앞에 만반의 준비를 하고 앉았다. 그러나 눈 깜짝할 새에 1만 엔을 털어먹고 말았다.

잠시 주위를 둘러보던 하쓰에는 빈자리로 이동하는가 싶더니 옆자리 손님이 화장실에 간 틈을 타 구슬 한 바구니를 제 앞으로 가져왔다. 남자가 크게 터뜨려서 쟁여둔 구슬이었다. 시종 그 장면을 보고 있던 옆의 옆자리 남자와 눈이 마주쳤다. 하쓰에는 입 앞에 검지를 세워 쉿 하고 얼굴을 찌푸리더니 빙긋 웃으며 이 없는 잇몸을 보였다.

하지만 눈은 전혀 웃지 않았다. 남자는 관심 없다는 듯 시선을 돌렸다.

하쓰에에게 버림받은 오사무는 쇼타와 유리를 데리고 낚시용품점을 찾았다. 딱히 낚시가 하고 싶어서는 아니었다. 이 가게가 '일'을 하기 좋기 때문이었다.

계획대로 오사무는 가게에 들어가고, 쇼타와 유리는 입구쪽 수조 앞에서 '루어미끼'를 가지고 노는 시늉을 했다.

유리는 문어 모양 루어미끼가 마음에 들었다. 주위를 살피는 쇼타 옆에서 지금 '시늉'하는 중이라는 것을 잊은 채, 어떻게 물속에서 진짜 문어가 헤엄치는 듯 보이는 걸까 홀린 듯 낚싯줄을 흔들고 있었다.

"잠시 쉬고 올게요."

계산대에서 손님을 응대하던 점원이 동료에게 알리고 뒤쪽 공터로 빠져나갔다. 이 타이밍을 기다린 쇼타는 루어 진열대 앞에 서 있던 오사무와 눈짓을 주고받았다.

오사무는 다친 오른발을 과장해서 절룩거리며 계산대로 다가갔다.

"저기요, 농어 낚시를 좀 하고 싶은데요. 플러그랑 싱크펜슬이랑 뭐가 다른가요?"

"싱킹펜슬 말씀입니까? 이쪽으로 오세요."

쇼타는 고개를 돌리지 않고 어른들이 주고받는 말을 듣고 있었다.

오사무는 점원의 안내를 받으며 쇼타 옆을 지나쳐 가게 안쪽으로 사라졌다. 한 명 남은 점원을 싱킹펜슬 매대가 있는 가게 가장 안쪽으로 유도한 것이다.

이제 계산대 주변에는 아무도 없었다. 쇼타는 오사무의 목발 소리가 차츰 멀어지고, 마침내 들리지 않을 때까지 기다렸다가 출입구 언저리에 진열된 낚싯대를 집어 들었다. 문어에 정신이 팔린 유리는 일어서는 타이밍이 한발 늦었다.

"야."

쇼타가 재촉했다.

유리가 계획대로 움직이지 않는 탓에 쇼타는 초조했다.

유리는 출입구로 가 콘센트에서 방범문 전원 플러그를

뽑은 뒤 쇼타를 보았다. 고타쓰에서 오사무와 연습한 그 작업이다. 쇼타가 가게 밖으로 달려나갔다. 유리는 콘센트에 플러그를 다시 꽂은 뒤 쇼타를 쫓아 가게를 나왔다.

주차장에서 다시 뭉친 세 사람은 강변길을 함께 걸었다. 오늘 일이 이해되지 않는 쇼타만 혼자 떨어져 한 단 높은 차도를 걸으며 두 사람을 내려다보았다.

"괜찮았지? 유리도 잘했어."

유리는 웃으며 고개를 끄덕이고는 오사무와 주먹을 마주쳤다.

"거봐, 계획대로 잘 됐지? 그런 때는 당황하지 말고 점원이 줄어들 때를 기다리는 것이 포인트야."

오사무는 자신이 계획한 대로 매끄럽게 일이 끝나자 득의양양하게 말했다.

"둘이서도 할 수 있잖아."

"이런 걸…… 워크셰어라고 하는 거야."

오사무는 노부요를 따라 그렇게 말했다.

"그게 뭐야……."

"다 같이…… 워크를 셰어하는 거지."

"얘는 방해만 돼."

쇼타는 유리를 가리켰다.

몇 번이고 확인한 타이밍을 잊어 위태위태하게 실패할 뻔했다. 쇼타는 그 점이 못마땅했다.

"그럼 못써. 네 동생인데."

"동생 아니야."

"동생이지. 유리는 네 여동생이야."

쇼타는 두 사람을 남겨두고 달려가버렸다. 유리는 쇼타의 뒷모습을 눈으로 쫓았다. 손에 든 문어 루어의 다리 여덟 개가 출렁출렁 흔들렸다.

"여동생이지?"

오사무는 유리를 보며 다정하게 말했다. 오사무가 다시 걷기 시작했지만 유리는 그곳에 그대로 서 있었다.

"왜 그래? 가자."

오사무가 재촉해도 유리는 움직이지 않았다.

"유리 탓이 아니야. 저 녀석 요즘 한창 반항기라 그래."

유리는 고집을 부렸다.

오사무가 유리를 달래 다시 걷기 시작하기까지 족히 십 분은 걸렸다.

오사무는 슬쩍한 낚싯대를 일단 벽장 안쪽에 숨겨두기로

했다. 세일 상품이라 해도 새것을 네 대나 손에 넣다니 엄청난 수확이다.

"이게 있으니까 이달에는 일 안 해도 괜찮겠지?"

오사무는 노래하듯 말했다.

"그게 얼마 정도 하는데?"

들뜬 오사무를 올려다보며 노부요가 물었다.

"4만 엔 정도 할걸?"

"4만 엔!"

노부요가 깜짝 놀라 오차즈케를 뜨던 손을 멈췄다.

"아키도 생활비 좀 내지그래? 돈 벌잖아."

노부요는 아키에게 화살을 돌렸다. 거울 앞에 앉아 머리를 빗던 아키는 돌아보지 않은 채 거울 속 노부요를 노려보았다.

공장에서 겪은 일도 있어서 노부요는 오늘 기분이 좋지 않았다.

"괜찮아, 애는…… 나랑 약속이 되어 있어."

하쓰에가 구조선을 띄웠다.

하쓰에는 집세도 필요 없고 따로 돈을 내지 않아도 좋다는 조건으로 아키를 이 집에 들였다.

"그렇게 다 받아주니까 기어오르는 거야."

노부요의 말에 아키는 손을 멈추고 한 박자 쉬었다가 도저히 못 참겠다는 듯 뒤돌아보았다.

"기어오르는 게 누군데? 죄다 할머니 뜯어먹고 사는 주제에."

"뜯어먹다니, 말이 좀 심한 거 아냐?"

노부요는 그렇게 답하고는 아키의 매서운 눈초리를 받으며 자리에서 일어났다.

"어디 먹을 수 있으면 먹어들 봐."

하쓰에는 두 사람의 중재자로 나서서 농담처럼 말을 이었다.

"못 먹지 못 먹어."

오사무도 웃는 분위기로 바꾸려고 하쓰에 노선으로 갈아탔다.

"괜찮아. 죽으면 챙겨주는 보험 들어놨어……."

하쓰에는 바느질을 계속하며 말했다. 노부요의 낡은 셔츠를 유리한테 맞게 수선하는 참이었다.

"그런 걸 무슨 보험이라고 하더라……."

오사무는 그렇게 중얼거리면서 세면대로 향했다. 노부요는 다들 자신의 말을 흘려듣는 것 같아 불쾌했지만 어쩔 수 없이 발톱을 감췄다.

그것을 눈치챘는지 아키가 문득 밝은 표정으로 하쓰에의 이불에 누웠다.

"저 잠니다."

아키는 이불 속에서 자신의 차가운 발을 하쓰에의 발 사이에 넣었다.

"아…… 할머니 따뜻해."

아키는 이 순간이 제일 행복했다.

"응? 안 좋은 일이라도 있었니?"

"왜?"

"평소보다 발이 차가워서."

하쓰에는 이런 미신 같은 얘길 곧잘 했지만 진위는 알 수 없었다. 그러나 오늘의 지적은 정확한 듯했다.

"할머니는 뭐든 안다니까."

아키는 기분이 좋았다. 할머니가 자기 속을 훤히 들여다 보는 것이 가까운 사이라는 증거인 것 같았다.

하쓰에는 자신의 무릎을 베고 누운 아키의 얼굴을 찬찬히 보았다.

"……예쁘구나, 아키는. 코도 높고……."

"정말? 내 코 별로인데."

아키는 그렇게 말하며 자신의 코를 만졌다.

아키는 이목구비가 뚜렷하고 똑똑해 보였다. 거리에서 만나면 평범한 대학생으로 보일 것이다. 윤락업소에서 일할 것 같은 닳고 닳은 느낌이 없었다. 그 점이 역으로 남자들에게 매력 없어 보이는 탓인지 가게에서 인기는 고만고만했다.


"유리, 자기 전에 소금 먹어야지."

첫날 이불을 적신 후로도, 유리는 가끔 오줌을 쌌다. 미신이라고 생각하지만 노부요는 하쓰에가 말한 대로 자기 전에 소금을 먹였다.

"저기 있어……."

주방에서 양치질하던 오사무가 현관을 가리켰다.

"왜?"

노부요가 소금을 들고 현관으로 갔을 때 유리는 등을 돌리고 앉아 있었다.

"왜 그러니?"

유리는 대답이 없었다.

"춥잖아. 거기 있으면."

노부요는 유리 옆에 쪼그려 앉았다.

"집에 오는 거지?"

유리는 문어 루어를 꼭 쥐고 물었다.

"쇼타를 걱정하는 거야?"

얼마 전까지 부모에게 학대받던 다섯 살짜리 여자아이가 다른 사람 걱정을 하는구나. 노부요는 내심 놀랐다.

어쩌면 이렇게 착할 수 있을까.

노부요는 다른 별 사람이라도 만난 듯 유리의 옆모습을 바라보았다.

"유리 때문에 그러는 게 아니야."

노부요는 머리를 대충 쓰다듬어주고는 도망치듯 주방으로 돌아갔다.

숨을 멈추고 싱크대까지 온 다음, 현관을 돌아보았다. 오사무가 욕실 옆에 있는 세면대에서 칫솔을 들고 다가왔다.

"있지 있지, 임종 알리미 보험 같은 이름은 어떨까?"

노부요는 오사무의 시원찮은 아이디어에 화도 웃음도 나지 않았다.

"부모가 그렇게 굴었는데도……."

노부요는 현관에 있는 유리의 등을 바라보았다. 오사무도 노부요가 무슨 말을 하는지 금세 알아차렸다.

"그러게. 남 걱정할 때가 아닐 텐데."

오사무는 솔직히 유리의 선함에 감동했다.

"낳지 않았으면 좋았을 거라는 말을 듣고 자라면 저럴 수 없을 텐데."

두 사람은 얼굴을 마주 보았다. 노부요는 어린 시절부터 엄마에게 그런 말을 들으며 자랐다. 오사무는 부모에게도 친구에게도 내내 존재 자체를 부정당했다.

"음…… 보통은 그렇지."

"남한테 착하게 굴지 못한다고."

"그렇지…… 그렇고 말고."

오사무도 그렇게 자랐다.

"……그러지 않으면 살아갈 수 없거든……."

노부요는 생각했다. 차라리 유리가 굉장히 성격이 비뚤어진 아이였다면 지금 내 속의 분노나 악의에도 조금은 변명의 여지가 있었을 거라고.

유리 같은 아이가 있으니 자신의 결점은 자신의 책임이라고 인정할 수밖에 없다. 나의 불행을 엄마 탓으로 돌리고 싶다.

나에게는 그런 억지조차 사치인 것일까. 눈앞의 유리를 보며 노부요는 자신이 더 불행하다고 여길 수는 없었다.

이런 기분을 느끼려고 주워 온 것이 아닌데. 노부요는 그렇게 생각했다.

✳

쇼타는 강변 주차장 폐차에 다시 들어가 앉아 있었다. 혼자 있고 싶을 때면 쇼타는 여기를 찾는다.

셀로판 창으로 달빛이 비쳐들었다. 가끔 통통통 하고 강을 지나는 선박의 엔진소리가 들렸다. 쇼타는 자신이 물속에 가라앉아 있다는 착각이 들었다.

왜 유리한테 그렇게 화가 났던 걸까? 지금 생각해보니 쇼타도 잘 모르겠다. 쇼타는 생각을 그만두려, 주워 온 철제 톱니바퀴를 벌써 두 시간째 콘크리트 벽돌에 갈고 있었다.

똑똑, 차창 두드리는 소리가 들렸다. 창에 드리워놓은 손수건을 걷어 올리고 바깥을 내다보니 오사무가 서 있었다. 오사무는 차 안을 들여다보려는지 차창에 입김을 불고 소매로 문질렀다.

"여기 있었네."

쇼타는 대답이 없다. 오사무는 반대편으로 돌아가 문을 열고 운전석에 앉았다.

"진짜 춥다."

오사무는 두 손으로 핸들을 잡고 말했다.

"유리가 널 걱정하면서 내내 현관에 앉아 있어."

쇼타는 여전히 톱니바퀴를 갈고 있다.

"싫어? 유리?"

아니, 하고 쇼타는 고개를 가로젓는다. 그렇지 않다.

"그러면…… 왜?"

쇼타는 손을 멈췄다. 저 멀리 구급차 사이렌이 울린다.

"남자 둘이서 하는 게 더 재미있어."

쇼타는 지금까지 말로 하지 않은 속내를 솔직히 털어놓

왔다. 막상 말로 꺼내놓고 나니 자신을 불쾌하게 만든 원인이 무엇이었는지 비로소 이해되었다.

"그거야 그렇지. 하지만 유리도 뭔가 도움이 되어야 저 집에서 마음 편히 살 수 있지 않을까?"

분명 맞는 소리였다. 쇼타 역시 한시바삐 '일'을 배워 모두에게 도움이 되고 싶다고 생각했기 때문이다. 쇼타는 고개를 끄덕였다.

"잘 알았지?"

"알았어."

쇼타는 일부러 뽀로통한 표정을 지어 보였다.

"유리는? 너의……?"

오사무는 다그치듯 물었다.

"여동생……."

쇼타는 어쩔 수 없이 답했다.

"그럼, 나는?"

"……."

"너의?"

오사무가 입모양으로 '아' 하고 말하는 것 같았다. 쇼타가 '아빠'라고 불러주길 바라는 모양이었다. 그건 쇼타도 잘 알고 있었다.

"……됐어."

쇼타는 얼굴을 돌려 창밖을 바라보았다.

"쳇…… 한 번쯤은 불러보지……."

쇼타는 아직까지 한 번도 오사무를 '아빠'라고 부른 적이 없었다.

"나중에."

쇼타는 그렇게 대꾸하며 오사무의 압력에서 벗어났다.

"알았어. 나중에."

오사무는 포기하고 오른 주먹을 쇼타 앞에 내밀었다. 쇼타는 어쩔 수 없다는 듯 주먹을 마주쳤다. 그리고 두 사람은 밖으로 나왔다.

목발 없이 온 오사무는 오른발을 끌며 천천히 주차장 입구를 향해 걸었다.

자갈 위를 걷는 두 사람의 발소리가 겨울 밤하늘에 울려 퍼졌다.

"낚싯대 팔았어?"

쇼타가 물었다.

"그냥 잘 됐어."

"그럼 다행이고."

"낚시하고 싶어?"

오사무는 낚시하는 동작을 흉내 냈다.

"응."

슬쩍한 낚싯대를 돈으로 바꾸기 전에 둘이서 낚시나 갈까, 하고 오사무는 생각했다.

"있지…… '스위미'라고 알아?"

쇼타가 갑자기 물었다.

"아빠가…… 영어 모르는 거 알면서."

곤란하다는 듯 오사무가 말했다.

"영어 아니야. 국어 교과서에 나와……."

"아빠가…… 국어는 더 모르지."

"'스위미'는 작은 물고기들이 모여서 커다란 참치를 혼내주는 이야기인데…… 왜 그랬는지 알아?"

오사무는 생각해보았다.

"참치가 맛있으니까. 맞지?"

오사무는 진심으로 그렇게 생각했다.

"땡!"

말도 안 되게 시원찮은 대답에 쇼타는 곧장 답했다.

"한동안 참치를 못 먹었네……."

오사무는 두 손을 물고기 입처럼 벌려 쇼타를 공격하듯 움직였다.

"잡아먹을 거다! 크앙!"

쇼타는 웃음을 터뜨리며 오사무를 피해 주차장을 뛰어다녔다. 오사무는 두 손을 위아래로 벌렸다 오므렸다 하며 뒤를 쫓아갔다.

두 사람의 모습은 푸르도록 환한 가로등 불빛 아래에서 바닷속을 헤엄치는 두 마리 물고기 같았다.

바닷속은 어둡고 차갑지만 두 마리 물고기는 즐거운 듯 목청을 높이면서 언제까지든 쫓아가고 어디까지든 도망쳤다.

3장

수영복

지난밤 내리던 비가 그쳤다. 노부요는 마당에 나와 빨래를 걸었다. 비 올 때마다 봄이 짙어지더니 벚꽃이 피고 또 지는구나 했는데, 어느덧 신록의 계절이었다. 돌보지 않은 지 오래된 이 집 마당에도 이름 모를 황록색 잎사귀가 무성하게 올라왔다.

오사무도 일어나자마자 마당으로 나왔다. 뱀딸기 같은 걸 따서 입에 넣으면서 콧노래로 '내일이 있으니까'를 불렀다.

"어제 호비 시끄러웠지. 머릿속에서 계속 '내일이 있으니까'가 맴돌더라."

어젯밤 뒷길에 있는 술집에서 신입사원 환영회가 열렸는지, 잔뜩 취한 남자들이 끊임없이 고성방가를 해댔다.

"골든위크*니까, 보통 사람들은."

유리가 오줌 싼 이불을 처마 밑에서 펼치면서 노부요가 말했다.

"완전 좋겠어, 직장인들은……."

오사무는 자신의 목덜미 주변을 찰싹 때렸다.

"젠장……."

"모기? 벌써?"

오사무는 모호하게 대답한 뒤 날아가버린 모기를 뒤쫓아 낡은 빨래건조대가 있는 마당 구석으로 향했다.

"어라?"

"응?"

"여기 연못 있는 거 알았어?"

오사무가 가리킨 담장 옆에는 둥근 돌을 늘어놓은 구덩이가 있었다. 구덩이는 흙과 깨진 기와로 메워졌고 자세히 보니 돌이 콘크리트로 고정돼 있었다.

"옛날에는 할머니 남편이 잉어도 키웠대."

노부요는 하쓰에에게 들은 대로 전했다.

"잉어 키울 만한 크기가 안 되는데…… 노인네가 또 허풍 떨었지, 뭐."

*　4월 말부터 5월 초에 걸친 장기 휴가 시즌

114

오사무는 불단 아래에서 자는 하쓰에를 턱으로 가리켰다.

옛날에는 하쓰에가 누구보다 일찍 일어났는데, 최근 들어 점심 무렵까지 잘 때도 있었다. 오늘도 아직 이불에서 나오지 않았다.

"이 일대가 거의, 할아버지 땅이었던 거 같더라고."

노부요는 집을 둘러싼 고층맨션을 한 바퀴 둘러보았다.

"이제 아무도 기억 못 하는데, 무슨 말을 못 해……."

남편이 잘나갈 때는 운전기사까지 두었다는 둥, 가루이자와에 별장이 있었다는 둥…… 하쓰에의 추억담은 지금 그녀가 처한 상황과는 달라도 너무 달라 현실감이 없었다. 머리가 이상해진 건 아니지만 앞뒤가 맞지 않는 경우도 많아서 오사무도 노부요도 반은 흘려들었다.

"그나저나 너무 안 고쳐지네……."

오줌으로 지도를 그려놓은 이불을 건조대에 널면서 노부요는 툇마루에 앉아 있는 유리를 보았다. 유리는 미안해 죽겠다는 표정으로 노부요를 바라보았다.

"근데…… 정말 유리가 이런 거 맞아?"

노부요는 더 과장해서 이불에 얼굴을 가까이 가져갔다. 그러고는 킁킁 냄새를 맡더니 오사무에게 장난기 어린 시선을 던졌다.

"어이, 나 의심하는 거야?"

노부요는 오사무의 엉덩이가 젖지 않았는지 등 뒤로 돌아가 냄새를 맡았다.

"에이, 하지 마."

두 사람이 장난치는 소리가 마당에 퍼졌다.


그때, 거실에서 텔레비전을 보던 쇼타가 씩씩하게 툇마루까지 달려나왔다.

"여기 여기, 유리가 나와."

문득 모든 걸 멈추고 두 사람은 시선을 교환했다. 상황을 이해하고는 서둘러 방으로 들어갔다.


"이거 봐."

쇼타가 가리킨 텔레비전 화면에 마침맞게 유리가 어린이집 발표회 같은 데에서 훌라후프를 돌리는 영상이 나오고 있었다.

"도쿄 아라카와 구에서 올 2월에 다섯 살 여자아이가 행방불명되었다는 사실이 드러났습니다. 이름은 호조 주리. 오랫동안 어린이집에 오지 않는 주리 양을 걱정한 어린이집 원장이 경찰에 알리면서 발각되었습니다. 경찰은 공개수사에 들어갔습니다. 주리 양이 실종 전에도 줄곧 학대받았을 가능성이 있어 경찰은 부모에게 임의동행을 요청하여

조사중입니다."

아나운서의 긴장감 있는 목소리와 형사 드라마 OST 같은 음악으로 구성한 '사건'이 전달되고 있었다.

"어머…… 유리가 아니라 주리구나."

하쓰에는 무엇보다 그 사실에 놀랐다. 두 사람을 따라 방에 들어온 '주리'는 작게 고개를 끄덕였다.

스튜디오에서는 사회자와 교육평론가가 부모가 왜 두 달이나 실종신고를 하지 않았는지를 두고 토론중이었다.

부모는 어린이집과 주위 사람들에게 친척 집에 맡겼다고 설명한 모양이었다.

"부모가 죽였다고 의심받는 분위기네."

노부요는 쌤통이라고 생각했다.

"큰일났네…… 큰일났어."

별 생각 없이 한 일이 얼마나 큰일이 되었는지 그제야 깨달은 오사무가 벌벌 떨었다.

"이제 깨달은 거야?"

하쓰에가 대표로 나서서 모두 생각하는 그것을 지적했다.

오사무는 곁으로 달려오는 주리의 양 어깨를 붙든 채 얼굴을 가까이 가져갔다.

"……유리, 여기서 집까지 혼자 갈 수 있어?"

노부요는 오사무 옆에 다가와 앉으며 주리의 얼굴을 정

면으로 들여다보았다.

"못 가지, 이제 와서."

"어떻게 할래? 집에 갈래?"

오사무는 자기가 원인을 제공한 주제에 상대에게 결정을 떠넘겼다.

"유리, 여기에…… 있을 거지?"

노부요는 오사무를 밀어내고 주리의 머리칼을 만지며 말했다.

주리는 둘의 얼굴을 번갈아 보며 잠시 말을 찾는 듯싶었지만, 노부요가 "여기 있고 싶지?" 하고 묻자 분명하게 고개를 끄덕였다.


노부요는 주방에 있던 푸른색 커버의 둥근 의자를 툇마루로 내온 다음 주변에 신문지를 깔아놓았다. 쓰레기봉투 한가운데 구멍을 내고 주리의 머리에 씌웠다.

"데루테루보즈* 같아." 쇼타의 말에 다 같이 웃었다. 가족 모두 거실에 모여 그 모습을 지켜보았다. 모두에게 주목받자 주리는 살짝 부끄러운 듯 맨발을 의자 다리에 비비며 안

---

* 흰색 천이나 종이로 만든 일본 인형으로, 처마 밑에 걸어두면 날씨가 맑아진다고 한다

절부절못했다.

"계속 여기 있을 거면 이름을 바꾸는 게 좋겠어."

툇마루에 앉은 하쓰에가 노부요를 올려다보며 말했다.

"맞아."

노부요는 가위를 들고 서툴게 주리의 머리칼을 자르며 대답했다.

이런 식으로 머리칼을 자르는 것은 노부요도 난생처음이었다. 아니, 아이 머리칼 같은 건 거의 만져보지도 못했다.

주리의 머리칼을 자르자는 분위기가 되었을 때, 다들 엄마 같은 노부요가 해야 한다고 생각했지만 노부요는 솔직히 어쩌면 좋을지 갈피를 잡지 못했다.

노부요의 엄마는 노부요가 어린 시절부터 내내 물장사를 하느라 요리도 하지 않았고 같이 놀아주는 일도 거의 없었다. 어렸을 때는 근처 이발소에서 머리를 자른 것 같은데, 중학생이 된 뒤로는 엄마가 기분에 따라 그때그때 생활비라며 두고 간 돈을 이리저리 변통해 미용실에 갔다. 노부요의 첫 남자는 거기서 만난 미용사였다. 열여섯 살 무렵의 일이었다.

"'하나花'는 어때? 여자아이를 낳으면 그렇게 이름 붙이고 싶었거든……."

하쓰에는 재미있어하며 그렇게 제안했다.

"'하나'가 얼굴 얘기는 아니지……?"

아이한테 이름을 지어주는 일 따위 생각해본 적도 없었다. 어쩐지 가슴이 설렜다. 이왕이면 이 아이에게 꼭 어울리는 이름을 붙여주고 싶었다.

"'린凜'은 어때?"

초등학교 때 같은 반에 늘 하얀 머리핀을 꽂고 다니는 우아한 소녀가 있었다. 그 아이 이름이 분명 '린'이었다. 노부요는 엄마가 물장사를 한다는 이유로 동급생 엄마들에게 기피 대상이었다. 생일파티에 초대된 적도 없었다. 린만이 그런 차별 없이 노부요와 사이좋게 놀아주는, 품성 착한 아이였다.

"어떤 한자? '방울' 할 때 린鈴?"

"아니아니, 이렇게 쓰는 거."

노부요는 가위를 뒤집어 들고 한자를 써 보였다.

"린은 이수변이지. 삼수변이 아니라……."

하쓰에는 가위의 움직임을 눈으로 쫓으며 자신도 눈앞에서 손가락을 움직였다.

"죄송합니다. 고등학교 중퇴라……."

노부요는 쓰레기봉투를 거칠게 벗긴 다음, 모두를 향해 린을 돌려 앉혔다.

"자, 다 됐다."

"오! 귀여워졌네……."

오사무가 주리의 얼굴을 자세히 보며 말했다.

"이러면 안 들키겠어."

계절이 바뀌어서라기보다 신원을 감추기 위해 머리칼을 잘랐다. 머리칼을 자르는 것만으로 얼마나 달라 보일지 미심쩍었지만, 양 갈래로 묶던 머리를 어깨에도 닿지 않을 만큼 짧게 자르니 인상이 상당히 달라졌다.

"거울 볼래?"

주리의 얼굴을 바라보던 아키가 손짓했다.

주리는 고개를 끄덕인 뒤 아키와 경쟁하듯 불단 방에 있는 삼단거울 앞으로 달려갔다.

아키는 주리를 뒤에서 안고 자신의 검은색 머리칼과 주리의 머리칼을 비교해보았다.

"갈색이네. 좋겠다. 염색하는 데 돈도 안 들고."

주리는 살짝 웃었다.

"나도 이름이 하나 더 있어."

"……뭔데?"

거울 속 아키를 향해 주리가 물었다.

"사야카……."

주리는 잠시 생각에 잠겼다.

"린이 더 좋아."

"더 좋네."

아키는 즐거운 듯 웃었다.

＊

새롭게 린을 가족의 일원으로 맞이하는 '의식'을 끝내고, 노부요와 가족들은 쇼핑에 나섰다.

집이 갑자기 조용해졌다.

집 보기 담당인 오사무는 우유를 냉장고에서 꺼내 팩째 마시며 주방 창 너머 이웃 맨션을 바라보았다.

맨션 베란다에는 작은 고이노보리*가 바람에 나부꼈다. 쇼타와 비슷한 나이일까, 새 옷으로 보이는 파란 유니폼을 입은 남자아이가 주차장에서 아버지와 축구 연습을 했다.

"스물넷, 스물다섯, 스물여섯……."

아버지는 축구를 꽤 하는지 아들 앞에서 리프팅 솜씨를 뽐내고 있었다.

"서른."

아버지와 아들은 한목소리로 외쳤다.

"아빠 굉장해!"

"그렇지?"

---

＊　　남자아이의 건강을 기원하며 대나무 장대에 걸어두는 잉어인형

"또 해봐!"

아버지는 다시 리프팅을 시작했다.

오사무는 다 마신 우유팩을 테이블에 내려놓고 편의점 비닐봉투를 가져와 바람을 불어넣었다.

"하나, 둘, 셋, 넷……"

오사무는 바람 넣은 봉투로 보란 듯 리프팅을 하며 거실까지 간 다음, 다다미에 철퍽 쓰러져 누웠다. 이웃집 아버지에게 지고 싶지 않았다.

"쇼타."

불러보았다.

"아빠 완전 멋지다!"

아이 목소리를 흉내 내 대답했다.

"애도 아니고."

오사무는 깜짝 놀라 목소리가 나는 쪽을 보았다. 불단 아래 바닥에 드러누운 아키가 웃으며 오사무를 보고 있었다. 어째 그녀도 쇼핑은 따라가지 않은 모양이었다.

오사무는 천장을 향해 비닐봉투를 던지고 받기 시작했다.

"있지…… 노부요 언니랑 그거 언제 해?"

단둘이 있는 것은 드문 기회라고 생각했는지 아키는 늘 궁금하던 걸 오사무에게 물었다.

"엉? 뭘?"

오사무는 동요하는 것 같았다.

"몰래 러브호텔이라도 가는 거야?"

"뭐…… 우리는 그런 거…… 안 해도 돼."

오사무는 어른의 여유를 보여주고 싶었지만 표정이 오히려 더 어색해졌다.

"정말?"

아키는 몸을 일으켜 오사무를 향해 고쳐 앉았다.

"으응."

그렇게 대꾸하며 오사무는 아키에게 웃어 보였다.

"우리는 여기가 아니라, 여기로 이어져 있거든."

오사무는 아랫도리와 가슴을 차례로 짚었다.

"거짓말쟁이!"

아키는 내뱉듯 말했다.

"그게 아니면 뭘로 이어져 있겠어?"

오사무의 얼굴에 약간의 진지함이 서렸다.

"돈. 보통은."

아키는 득도라도 한 듯한 표정으로 단언했다.

고작 이십삼 년의 인생 동안 대체 어떤 어른들을 만나온 것일까.

"우리가 보통은 아니니까."

오사무는 재미있다는 듯 이렇게 말하고 다시 천장을 올

려다보며 봉투 리프팅을 시작했다.

아키는 그 모습을 한동안 바라보다가 이내 자신도 하늘을 보고 누워 작게 미소지었다.

✳

하쓰에, 노부요, 쇼타, 린, 이렇게 네 명은 역 앞 백화점으로 향했다. 공원을 지나 역으로 이어진 비탈길을 내려갔다. 빌딩숲 뒤로 도쿄 스카이트리*가 또렷하게 눈에 들어왔다. 쇼타는 린과 나란히 걸으며 조금 뒤에서 오는 노부요와 하쓰에를 돌아보았다.

"아저씨가 너 구해준 거 알지?"

쇼타의 질문에 린은 고개를 끄덕였다.

"할머니도 아주머니도 좋지?"

린은 다시 한 번 고개를 끄덕였다.

"그럼…… 잘 견딜 수 있지?"

"……있어."

이번에는 확실하게 말로 했다.

"그럼, 오늘부터 '린'인 거다."

---

* 도쿄 북동부에 있는 고층 도시 상징물

쇼타는 그렇게 말하고 노부요에게 받은 넥타이핀을 건넸다. 인조보석이 박힌 물건이었다.

"응."

린은 반짝이는 넥타이핀을 파란 하늘에 비추어보았다. 오렌지색 보석이 예뻤다. 린은 그 보물을 치마 주머니에 소중하게 잘 넣었다.

뉴스가 보도된 지 얼마 지나지 않은 마당에 린을 데리고 외출하기에는 부담이 크다며 노부요는 주저했다. 하지만 "이럴 때는 오히려 대담한 편이 덜 의심받는 법이야"라는 하쓰에의 말을 듣고 각오를 단단히 다졌다. 분명 날씨가 좋기 때문이라고 노부요는 생각했다.

딱히 누군가를 죽이지도 다치게 하지도 않았다. 몰래몰래 살아가는 인생이라니 성미에 맞지 않았다.

앞서 걸어가는 쇼타와 린은 이제 완연히 오누이의 모습이었다.

아이들은 참 빨라. 노부요는 생각했다.

"집에 돌아가겠다고 할 줄 알았는데……."

하쓰에가 노부요를 팔꿈치로 쿡 찔렀다.

"선택받은 건가…… 우리가."

두 사람은 가볍게 웃었다.

"보통은 부모를 선택할 수 없는 법인데."

"근데…… 자기가 고르는 편이 강력하지 않겠어?"

"뭐가?"

하쓰에가 질문을 돌려주었다.

"뭐랄까…… 유대 말이야. 정 같은 거."

노부요는 일부러 반농담조로 대꾸했다. 꽤 직설적인 말이기 때문에 그대로 입 밖에 내자니 어쩐지 쑥스러웠다.

"저기, 나도 너를 선택했어."

하쓰에가 태도를 바꾸어 말했다.

'어디까지가 진심인 걸까?'

노부요는 하쓰에의 진의를 헤아릴 수 없었다. 하지만 농담이라도 기분 좋았다. 이번에는 노부요가 하쓰에를 팔꿈치로 쿡 찔렀다.

"그만해. 눈물 나니까……."

쇼타와 주리가 내리막길 끝에서 달려 나가기 시작했다.

"넘어진다, 유리."

유리가 문득 뒤를 돌아본다.

"……가 아니라, 린!"

노부요는 큰 소리로 웃음을 터뜨렸다. 하쓰에도 이 없는 입을 크게 벌린 채 웃고 있었다. 즐거웠다.

이런 즐거움이 언제까지고 계속되면 좋겠다. 그렇게 생각했다.

'이 사람이 정말 엄마라면 좋을 텐데.'

노부요는 마음속으로 되뇌어보았다.


린과 노부요가 그런 것처럼, 하쓰에와 노부요도 서로 '선택한' 모녀지간이었다.

팔 년쯤 전에 노부요는 닛포리의 술집에서 호스티스로 일했다. 오사무는 그 가게의 단골손님이었다. 그런데 언제부터인가 카운터 안으로 들어오고, 손님의 주문을 받게 되었다. 그러다가 폭력을 휘두르는 남편에게서 도망쳐 혼자 살던 노부요의 아파트에서 동거를 시작했다. 그 무렵 오사무가 파친코 가게에서 하쓰에를 만났다.

오사무가 옆자리 구슬을 슬쩍하는 하쓰에를 보고 흥미가 발동해, 하쓰에가 사는 지금의 집에 놀러 온 것이 인연의 시작이었다.

하쓰에는 혼자 살았다. 혼자 키운 아들은 결혼 후 잠시 함께 살기도 했다. 그러나 강성인 며느리와 하쓰에가 잘 어우러지지 못해 일 년을 못 채우고 따로 살게 되었다.

그 후 아들 내외는 도통 연락이 없었다. 직장 문제 때문에 하쿠타로 갔는데 가족들과 그곳에서 계속 산다는 소식만 어렴풋이 들었다.

'오사무'는 아들의 본명이었다. 며느리 이름이 '노부요'이다. 하쓰에의 집에 두 사람이 들어와 살기로 한 날, 그때부터 이 이름을 쓰기로 결정했다.

린이 린이 아닌 것처럼 노부요는 노부요가 아니며, 오사무도 오사무가 아니다. 아키를 포함해 이 집에 사는 가족은 하나같이 두 이름을 갖고 있었다.

✳

노부요와 가족들은 쇼핑몰 아동복 매장을 둘러보았다.

린이라는 이름을 지어주고 가족이 되어 함께 살기로 결정했으니 쇼타가 입던 옷 말고 린에게 어울리는 옷을 사주고 싶다고 노부요는 생각했다.

"이제 다 여름옷이네."

옷걸이에 걸린 옷을 꺼내보며 노부요가 중얼거렸다.

매장 안쪽에는 벌써 수영복이 진열되어 있었다.

"린, 바다 가봤어?"

노부요가 묻자 린은 고개를 가로저었다.

"쇼타는?"

하쓰에가 쇼타에게 물었다.

"가봤어. 아마."

쇼타는 그렇게 대답했지만 여름의 기억 따위 있을 리 없었다.

"아마?"

하쓰에가 웃으며 쇼타의 대답을 반복했다.

"그러면, 우리 다 같이 바다 갈까?"

노부요는 여아용 수영복에 손을 뻗으며 린의 얼굴을 바라보았다.

"나는 튜브 보고 올게."

쇼타는 신이 나서 달려갔다.


노부요는 탈의실에서 파란 수영복을 린에게 입혀보았다. 가슴께에 달린 하얀 리본이 귀여웠다. 하쓰에가 매장에서 옷을 잔뜩 안고 탈의실로 들어왔다. 그러고는 옷걸이에서 옷을 벗기더니 가방에 차곡차곡 넣기 시작했다.

"이거는 오사무…… 이건 린한테 딱이겠어."

"너무 많아, 다 못 가져가."

노부요는 작은 목소리로 하쓰에에게 툴툴거렸다.

"그러면 입혀서 집에 갈까?"

이런 부분에서 하쓰에는 죄책감이라고는 없다. 오사무와 똑같다.

하쓰에를 내버려둔 채 노부요는 린에게 노란색 수영복을

대보았다.

"역시 노란색이 어울리는구나."

"머리칼이 갈색이니까."

거울 속 린을 자세히 보면서 하쓰에도 한마디 거들었다.

"그러면 이걸로 할까?"

노부요는 린을 바라보았다. 내내 쑥스러워하던 린이 고개를 세차게 가로저었다.

"왜? 마음에 안 드니?"

노부요가 놀라며 물었다.

"응."

"어째서?"

"안 때릴 거야?"

"어?"

"나중에…… 안 때릴 거야?"

그렇다. 쑥스러워하는 게 아니었다.

이 아이는 엄마가 새 옷을 사준 뒤에 늘 구타당했구나. 엄마는 분명 구타를 이유로 옷을 사 왔으리라. 그래서 옷을 사자는 말만 들어도 반사적으로 아픔을 떠올리고 불안해한 것이었다.

너무 가여웠다. 노부요는 울고 싶어졌다.

울고 싶어도 울지 않는 여자아이를 대신해 울어주고 싶다고 생각했다.

노부요는 린의 어깨를 따뜻하게 쓰다듬었다. 어깨가 가늘게 떨리고 있었다.

"괜찮아. 때리지 않아."

노부요는 가능한 한 따뜻한 목소리로 그렇게 말했다.

※

"한 놈, 두시기, 석삼, 너구리, 오징어, 육개장, 칠면조, 팔보채, 구구단, 십자가."

노부요가 가르쳐준 숫자놀이를 둘이서 세 번 반복한 참에 린이 욕조에서 나왔다.

새로 사준 노란색 수영복이 정말 좋은지 린은 수영복 바람으로 목욕중이었다. 욕조에서 나온 린은 낚시용품점에서 슬쩍한 루어미끼를 가지고 놀았다.

"그건 뭐야?"

노부요가 욕조 안에서 물었다.

"물고기 낚시하는 거."

린은 문어 모양의 루어를 노부요에게 보였다.

"……진짜 같네."

노부요는 문어를 받아 욕조 물에 띄웠다가 린의 눈앞에서 흔들어 보였다. 다리 여덟 개가 좌우로 섬세하게 움직였다.

"여기 왜 이래?"

린이 노부요의 왼팔에 있는 화상흉터를 가리켰다.

"아, 이거? 다리미로 지익……."

노부요는 자신의 흉터에 오른손을 가져갔다. 세탁공장에서 일을 막 시작했을 때 얻은 오래된 상처였다.

"나도."

린은 자신의 왼팔을 노부요에게 보여주었다.

린의 팔에도 비슷한 화상흉터가 있었다. 가늘고 긴 버들잎 같은 모양이 노부요의 흉터와 같았다. 아마 엄마가 체벌을 이유로 지진 것이리라.

어쩌다 그랬느냐고 물었을 때, 넘어졌다고 거짓말했던 린이 처음으로 화상을 인정했다.

"진짜네. 똑같다."

두 사람은 팔을 내밀어 상처를 비교했다. 린은 문득 손가락을 펴서 노부요의 흉터에 가져갔다. 그리고 따뜻하게 쓰다듬기 시작했다.

노부요는 숨을 삼켰다. 물속에서 심장이 두방망이질하는 게 느껴졌다. 처음으로 경험하는 감각이었다.

"……고마워. ……이제 안 아파 ……괜찮아."

노부요가 말했지만 린은 고개를 가로저으며 노부요의 상처를 계속해서 어루만져주었다.

린은 분명 자신의 화상을 만지는 것이다. 그 상처는 아직 아프고 아물지 않은 것이다.

그 대신 나의 상처를 어루만진다. 노부요는 몸이 뜨거워졌지만 "이제 나가자"라는 말을 꺼내지 않았다.

※

"스위미는 어두운 바닷속 깊숙이 헤엄쳐 들어갔습니다. 무섭고 외로웠습니다. 몹시 슬펐습니다."

쇼타는 바람을 불어넣은 튜브를 베고, 오래된 국어 교과서를 읽고 있다. 《스위미》*이다. 오사무는 개어놓은 이불에 기대어 한 손에는 맥주를 든 채 눈을 감고 쇼타의 낭독을 감상하고 있었다.

"아키. 린 머리 좀 봐줄래?"

노부요는 그렇게 말하고 불단으로 향했다.

목욕을 끝낸 린이 거실로 나왔다. 아키는 목욕수건으로 린의 머리를 닦아주었다.

노부요는 불단 방 장롱 서랍에 넣어둔 린의 빨간 트레이닝복을 챙겨 마당으로 나갔다.

*   한국어판 제목은 《으뜸헤엄이》

"시원한 아침에도 한낮의 햇살 아래에서도 모두가 헤엄쳐 커다란 물고기를 쫓아버렸습니다."

쇼타가 교과서 읽기를 끝내자 오사무는 "훌륭해 훌륭해" 하며 박수를 보냈다.

"그런데…… 커다란 물고기…… 불쌍하지 않아?"

"그렇지 않아. 친구들이 다 잡아먹힐걸?"

"그렇긴 한데……."

"참치 먹고 싶다. 중뱃살을 불에 살짝 그을려서……."

"또 그 소리."

오사무의 반응에 맥이 빠진 쇼타는 튜브 옆에 교과서를 내려놓았다. 빨래건조대 저 멀리, 아직 밝은 하늘에 별이 하나 반짝였다.

"있지…… 린…… 마당에 나와볼래?"

노부요가 손짓하며 린을 불렀다. 무언가 의식이 시작될 걸 알아차린 쇼타는 튜브에서 몸을 일으켰다.

"이거 태운다?"

"응."

노부요의 질문에 린은 확실하게 동의했다.

노부요는 현관에서 가져온 철제 석유통 속에 불붙인 신문지를 넣었다. 그리고 린이 처음 이 집에 온 날 입고 있던 옷을 던져 넣었다.

윗옷 소매에 붙은 흰 리본이 순식간에 불길에 휩싸이더니 까맣게 변색되었다.

노부요는 린을 뒤에서 안듯 무릎으로 감싼 채 재를 바라보았다.

"때리는 건 말이지…… 린이 나빠서가 아니야……."

노부요는 린에게 천천히 말해주었다.

"사랑하니까 때린다는 말은 다 거짓말이야."

노부요는 삼십 년 전 자신의 경험을 떠올렸다. 어조가 어딘가 자신의 엄마를 닮아 있었다.

"좋아하면 이렇게 하는 거야."

노부요는 린을 꼬옥 안아주었다. 뺨과 뺨이 찌부러질 만큼 힘껏 끌어안았다.

노부요는 뺨에 한 줄기 눈물이 흐르는 걸 느꼈다. 옷을 태우는 불 때문인지 눈물이 따뜻했다. 린은 뒤돌아 노부요의 얼굴을 보며 작은 손으로 눈물을 닦아주었다.

이 아이가 무척 귀엽다든지 안쓰럽다든지 그런 의미가 아니었다.

이 아이를 안고 안기는 것만으로, 자신을 구성하는 세포 하나하나가 변해가는 것이 느껴졌다.

더는 이 아이를 내버려두지 않아.

노부요는 맹세했다.

4장

마
술

여름의 쨍한 햇볕 아래, 스카이트리가 보이는 강 둔치를 쇼타와 린이 함께 걸었다.

린이 이 집에 온 지도 어느덧 반년이 지났다.

초봄에 텔레비전 정보프로그램들을 들쑤셔놓았던 린의 행방불명 뉴스는 차츰 다른 사건 사고 및 스캔들에 밀려 관심의 대상에서 멀어졌다.

혹시 몰라 린이 살던 아파트 단지 쪽 길이나 파출소 부근은 철저히 피해 다녔지만, 쇼타와 린이 함께 놀아도 사이좋은 오누이구나 하고 흐뭇해하는 눈길을 받을 뿐 의심을 사는 일은 없었다.

설령 그 뉴스를 기억하는 사람들도 대부분 부모가 아이를 죽인 게 틀림없다고 생각했다. 노부요가 예상한 대로, 호

기심 어린 시선은 저 단지에 사는 젊은 부부에게 쏠려 있을 뿐이었다.

쇼타가 제방에 올라가자 강 저편에서 야구를 하는 소년들 목소리가 들려왔다.

가로수와 풀밭에서 찾은 매미 허물을 러닝셔츠에 잔뜩 붙인 쇼타는 야구장 철망 사이로 운동장을 들여다보았다. 지역 예선일 것이다. 쇼타 또래로 보이는 남자아이들이 흰색과 청색 유니폼으로 나뉘어 한창 시합중이었다.

철망 너머 초록 잔디가 반짝였고 하늘에는 잠자리가 날아다녔다.

아이들은 한목소리로 구호를 외치며 응원했다. 흙먼지 냄새가 쇼타가 있는 곳까지 날아왔다.

쇼타는 뺨을 타고 흐르는 땀을 왼손 손등으로 훔쳤다.

"오빠."

야구에는 흥미가 없는 듯 잡목림을 관찰하던 린이 뭔가 발견한 모양이었다.

"왜? 뭐 있어?"

쇼타는 오빠처럼 대답하고 린에게 다가갔다.

"매미 허물이 움직여."

린이 가리킨 곳에는 매미 유충이 있었다.

이제 막 땅속에서 나온 것이 틀림없었다. 벌써 오후가 다

되었는데 이제 나무둥치를 느릿느릿 오르기 시작했다. 그 주위로 득달같이 개미 떼가 모여들었다.

"힘내."

둘은 입을 맞추어 유충을 응원했다.

"힘내! 힘내!"

유충이 무사히 나무를 올라 둘의 시야에서 사라진 뒤에도 린은 걱정스러운 듯 한참 동안 나무를 올려다보았다.

"괜찮을까?"

"응, 괜찮아."

"매미 된 거야?"

"응, 된 거야."

같은 질문과 대답을 삼십 번쯤 반복한 뒤에야 린은 그 자리를 떴다. 야구 시합은 어느새 끝나 있었다. 청색 유니폼이 이긴 모양이었다.

쇼타는 목이 말랐다. 아이스크림이 먹고 싶었다. 소다맛 아이스바가 당겼지만 길쭉한 비닐로 포장된 싸구려 하드라도 상관없었다. 돈은 물론 없었다. 쇼타는 야마토야에 가기로 했다.

가게는 휑하니 비어서 둘 말고 다른 손님이 없었다. 주인 할아버지는 늘 그렇듯 장기 삼매경이었지만 손님이 없는데 아이스크림 냉동고를 열고 '일'을 하는 건 위험했다.

쇼타는 우선 린에게 '일'의 입문 코스를 가르쳐야겠다고 생각했다. 가게 앞쪽에 색색의 작은 얌체공이 걸려 있었다. 린은 주인 할아버지를 등지고 서서 그 얌체공을 올려다보았다.

쇼타가 다가와 주인 할아버지와 린 사이에 서서 시야를 가로막았다. 슈퍼에서 오사무가 해준 어시스트를 이번에는 쇼타가 린에게 해주는 셈이다. 쇼타는 뒤돌아보지 않고 왼손으로 린의 어깨에 신호를 보냈다.

'지금이야.'

린은 눈썰미로 익힌 '의식'을 따라했다. 입술에 갖다대야 하는 손등을 실수로 이마에 갖다대고 말았지만.

린은 제일 좋아하는 노란색 얌체공을 뜯어낸 뒤 두 손으로 꼭 쥐고 가게 밖으로 나왔다. '해냈어!' 하고 린이 공을 들어 보이자 쇼타는 '잘했어!'라는 듯 고개를 끄덕이며 가게를 나섰다. 그 순간 "어이!" 하고 주인 할아버지가 불러 세웠다.

쇼타는 온몸이 굳었다.

야마토 할아버지는 천천히 방에서 나온 뒤 계단을 내려와 샌들을 신었다. 그리고 유리 진열장에서 젤리봉 두 개를 성큼 집어 쇼타에게 건넸다.

"받으렴."

쇼타는 말없이 받았다.

"대신…… 동생한테는 시키지 마라."

그러고는 쇼타가 좀도둑질 전에 늘 하는 의식을 해 보였다. 할아버지는 전부 알았던 것이다.

쇼타는 숨 쉬는 것도 잊은 채 밖으로 나왔다.

손에 쥔 젤리봉이 차가웠다.

쇼타는 린이 뒤따라오는 기척을 느꼈다. "동생한테는 시키지 마라." 할아버지의 한마디를 어떻게 받아들여야 할지 쇼타는 알 수 없었다.

다만 가슴 깊은 곳에서 몇 번이고 씁쓸한 무언가가 올라왔다. 이런 일은 처음이었다.

✳

노부요는 네기시와 둘이 다시 한 번 세탁공장 이층에 불려갔다.

"해고라는 말씀이세요?"

노부요는 고시지에게 단도직입으로 물었다.

"우리도 많이 어려워서 말이지. 인원을 감축한다면 아무래도 시급이 가장 높은 두 사람 중 한 명이 되어야 할 테니까……."

고시지는 목에 건 수건으로 땀을 닦으며 미안해 죽겠다

는 듯 말했다.

노부요와 네기시는 잠깐 서로 얼굴을 보았다.

시급 낮은 신입을 들였으니 베테랑인 두 사람 가운데 한 명을 해고하고 싶다는 이야기였다.

게다가 고시지는 악역을 맡고 싶지 않으니, 두 사람이 상의해 정리하라는 것이었다.

"둘이서 좀 의논해보겠어?"

거부하면 둘 다 해고될 것이다. 오사무는 다리를 다친 이래 게으름병이 도져 일을 찾아보려고도 하지 않았다. 그런 남자를 끌어안은 채 공장에서 지금 잘려서는 안 된다. 노부요는 그렇게 생각했다.

무거운 발걸음으로 방을 나온 두 사람은 현장으로 돌아가지 않고 공장 후문으로 향했다. 후문은 테니스코트와 맞닿아 있었다. 공을 치는 경쾌한 소리와 사람들의 웃음소리가, 쏟아지는 매미 울음소리 사이로 이따금 들려왔다.

평일 대낮에 테니스라니. 팔자 좋은 사람들 같으니.

노부요는 자신과 너무 다른 상황에 어쩐지 화가 났다. 왜 나는 늘 가난에 허덕이는 쪽일까. 왜 내 앞은 늘 내리막길일까. 그저 운이 없는 것뿐일까.

멍하니 생각에 잠겨 있자 네기시가 "양보해줘" 하고 선수를 쳤다.

"왜 나야?"

"……그러니까 부탁하는 거지."

"힘든 건 피차 마찬가지잖아. 너만 힘든 거 아냐……."

네기시는 올여름, 남편과 갈라선 뒤 혼자 아들을 키우고 있었다. 교육비를 대겠다는 남편의 약속은 두 달밖에 지켜지지 않은 모양이었다.

"그래서 하는 말인데, 네가 양보하면…… 내가 입은 다물어줄게."

네기시는 평소와 달리 강경한 자세를 풀지 않았다.

"너도 슬쩍하잖아."

손님의 분실물을 슬쩍하는 일 얘기라 생각하고 노부요가 대꾸했다.

"그게 아니라…… 뉴스."

무슨 말인지 노부요는 알아채지 못했다.

"봤거든. 네가…… 그 여자애랑 같이 있는 거."

아, 린 얘기를 하는 것이구나. 아무래도 슈퍼마켓이나 어디 같이 장 보러 나갔을 때 본 모양이었다. 그 일을 구실로 유리한 위치를 차지하려 들다니, 정말 놀랐다.

나이는 세 살 위이지만 노부요를 언니처럼 따랐고, 노부요 역시 다른 동료와는 거리감이 다른 사이라고 생각해왔는데. 은혜를 원수로 갚아도 유분수지. 예전 노부요라면 이런 때 뺨이라도 한 대 갈겨주겠다며 한마디했을 것이다. 하지만 지금은 달랐다.

노부요는 깔끔하게 제안을 받아들이려는 자기 자신에게 놀랐다. 어째서일까. 그렇다. 지키고 싶은 것이 생겼기 때문이다. 무언가를 지키기 위해 어떤 희생을 감수할 수는 없을 거라고 생각했는데, 오히려 그 반대였다. 린과의 생활을 지속하기 위해서라면 노부요는 뭐든 할 작정이었다.

"좋아."

노부요는 대답했다.

"그 대신, 불면 죽을 줄 알아……."

진심이었다. 살의를 느껴서인지, 단순히 안심해서인지 네기시는 노부요를 남겨두고 말없이 공장으로 돌아갔다.

서로 스칠 때 네기시는 작은 목소리로 "미안"이라고 말했다. 그녀 역시 지키고 싶은 것을 위해 나를 밀어낸 것이리라. 이 행위를 비난할 생각은 없었다. 노부요는 오히려 공감했다. 두 사람 모두 어머니이니까.

가족이 모두 외출한 뒤, 집에 혼자 남은 하쓰에는 달력 날짜를 확인하고 거울 앞에 앉아 정성스럽게 머리를 빗었다.

그러고는 서랍에서 오래된 립스틱을 꺼내 새끼손가락 끝에 살짝 묻혀 입술에 발랐다.

화장을 마치고 막 일어나는 참에, 하쓰에는 어떤 시선을 느끼고 불단을 보았다. 흰색 리넨 슈트를 입은 남편이 하얀 이를 보이며 웃고 있었다.

남편은 나와 달리 치아가 예쁜 사람이었지. 하쓰에는 추억했다.

전철을 타고 신주쿠까지 나가 야마노테 선으로 갈아탄 뒤 시부야로 향했다. 거기에서 다시 사철을 타고 한 시간 반을 더 달려 요코하마까지 갔다.

역 서쪽 출구에서 시영 버스를 타고 십오 분. 드디어 목적지에 도착했을 때는 땀범벅이었다. 양산을 가져오길 잘했다고 하쓰에는 생각했다.

목적지는 조용한 주택가에 위치한 단독주택이었다. 이층이지만 호화저택이라고 할 정도는 아니었다. 잘 청소된 실내에 쓸데없는 물건은 하나도 없었다. 어떠한 냄새도 나지 않는 집이었다.

작은 불단이 있는 다다미방에 들어간 하쓰에는 목덜미에 흐르는 땀을 손수건으로 닦으며 가방에서 염주를 꺼냈다.

주방에 있는 중년 부부는 하쓰에의 방문에 당황하면서도 속내를 들키지 않으려는 모습이었다. 하쓰에에게 내어갈 홍

차를 끓이면서 아내가 남편에게 속삭였다.

"아버님 전부인이라며…… 당신이랑 무슨 상관인데."

"그래도…… 어쩔 수 없잖아."

지나치게 바른 남자는 불평하는 아내를 달랬다.

"아니, 이렇게 자꾸 찾아오면……."

불단에 놓인 사진은 하쓰에의 집에 있는 것과 같았다. 옆에는 곱게 나이든 여성의 사진이 나란히 있었다. 하쓰에에게서 남편을 빼앗은 여자였다. 이 여자가 죽은 지도 벌써 이년이 흘렀다.

"신경들 쓰지 마시고…… 매달 제 올리는 날이라 잠시 들렀으니……."

두 사람이 한소리 할 것을 감지하고 하쓰에는 뒤돌아보며 말했다.

자신이 불청객이라는 것 정도는 충분히 알고 있다. 혹시 대놓고 그런 말을 듣는다 해도 상처받지 않으리라. 하쓰에는 다 알면서도 모르는 척하며 굳이 이곳에 왔다.

하쓰에의 그 능글맞음이 부부의 신경을 건드렸다.

오늘 아침, "오후에 들를게요" 하고 미리 전화를 걸어두어서인지 아내가 급히 가까운 양과자점에서 케이크를 사온 모양이었다. 하쓰에는 거실 소파 깊숙이 몸을 묻었다. 그 앞에 하쓰에네 동네에서는 팔지 않을 법한 맛있어 보이는 조각케이크와 마이센* 잔에 따른 홍차가 놓였다. 하쓰에는 케이크를 사양 않고 들었다. 홍차는 한 잔 더 마셨다.

"가족분들은 건강하시죠? 아버지 장례식 이후로 못 뵈었네요……."

침묵을 견디지 못하고 남자가 입을 열었다.

하쓰에는 질문에 대답하지 않고 멍해진 듯 남자의 얼굴을 가만히 바라보았다.

노골적인 시선에 남자는 당황한 듯 보였다.

"피는 못 속이나봐…… 요 언저리가 똑같네."

하쓰에는 자신의 코를 만졌다. 남편은 코가 높았다. 눈앞의 남자도 코가 남편과 닮았다. 아니, 하쓰에가 정말로 그렇게 생각했는지는 알 수 없었다. 적어도 남자는 그렇게 생각하지 않았다. 하지만 아버지와 어떻게든 이어져 있다고 의식하는 것만으로도, 한 여자를 불행으로 몰았다는 죄책감을 느끼기에 충분했다.

아들은 자신의 코를 만지며 쓸쓸하게 웃었다.

이층에서 교복 차림의 여자아이가 바이올린 케이스를 들고 계단을 내려왔다. 부부는 잘됐다는 표정을 보이며 여자아이를 눈으로 쫓았다.

---

* 독일 도자기 브랜드

여자아이는 하쓰에를 발견하자 계단 중간에서 잠시 멈추어 "안녕하세요" 하고 정중하게 인사했다. 만나는 것이 처음은 아닌 듯했다. 여자아이는 계단을 마저 내려와 "다녀오겠습니다" 하더니 현관으로 향했다. 아내가 배웅하려고 자리에서 일어났다.

"사야카, 저녁은?"

"응?"

"양배추롤 만들 건데."

"야호! 좋아. 소스는 토마토로. 화이트소스 말고."

딸의 이름은 사야카였다.

"잘 다녀와."

남자는 웃는 얼굴로 인사했다.

"케이크 내 것도 남겨줘. 몽블랑으로."

부모 자식 간의 친밀함이 느껴지는 대화였다.

아내는 "알고 있어"라고 말하며 딸의 등 뒤에서 따뜻하게 웃었다. 현관을 나가 달려가는 딸아이의 발소리가 들렸다.

"많이 컸네……."

하쓰에는 현관을 보며 말했다.

"네…… 벌써 고2랍니다."

하쓰에는 몸을 돌려 남자를 보았다.

"큰딸은 잘 있죠?"

하쓰에는 그렇게 말하고 등 뒤에 걸린 가족사진으로 시선을 돌렸다. 고등학교 졸업장을 든 아키의 사진이 좀 전에 나간 사야카의 사진과 나란히 걸려 있었다.

아키가 가게에서 쓰는 '사야카'라는 가명은 동생의 이름이었다.

"아키 말씀이시죠? 그게……."

순간 아키 아버지의 눈동자가 흔들린 것을 하쓰에는 놓치지 않았다.

"외국에 있죠?"

아니라는 걸 뻔히 알면서, 이 부모가 과거 하쓰에에게 한 거짓말을 반복해 물었다.

"네. 오스트레일리아요. 뭐가 그리 재미있는지…… 허허."

남자는 주방에 있는 아내에게 도움을 청했다.

"여름방학에도 오지 않고, 아빠가 이렇게 서운해하는데 말이죠."

아내는 주방에서 얼굴을 반쯤 내밀었다가 곧장 가스레인지 앞으로 돌아가버렸다.

"네…… 다행이네요."

하쓰에의 '다행'이라는 말은 유학이 즐거워서인지 남자가 서운해서인지 알 수 없었다.

하쓰에는 행복한 가족을 상징하듯 창가에 늘어선 사진을

한 번 더 바라보았다.

사진 속 아키는 웃고 있지 않았다.

아키가 왜 동생 이름을 가명으로 쓰는지, 하쓰에는 어쩐지 알 것 같았다.

복수인 것이다.

나중에 태어나 자신에게서 부모의 사랑을 빼앗은 동생에 대한 아키 나름의 보복이었다. 사야카와 부모가 특별한 잘못을 했거나 아키에게 심하게 군 것은 아닐 것이다. 언젠가 이 모든 내막을 알게 되더라도 세 사람은 절대 이유를 이해하지 못할 것이다. 아키의 뒤틀린 사랑은 하쓰에가 이 집에 몇 번이고 찾아온 감정과 통하는 데가 있었다.

'노부요의 말처럼 서로 선택한 관계가 더 끈끈한 것일까. 나와 아키도 이렇게 서로 닮아 있다.'

하쓰에는 그렇게 생각했다. 그래서 더 따뜻하게 품게 되는 것이다.

한 시간쯤 눌러앉아 있던 하쓰에는 드디어 자리에서 일어났다. 부부는 현관까지 배웅을 나왔다.

"이거, 약소합니다만……."

남자가 미리 준비해둔 봉투를 내밀었다.

"아휴, 뭘 이런 걸 다, 그럼 사양 않고……."

하쓰에는 언제나처럼 봉투를 받아 넣었다. 아내 쪽은 무

표정했지만 하쓰에는 딱히 개의치 않았다.

"저희 어머니 일은…… 정말 죄송하게 생각합니다."

남자는 허리를 굽히고 머리를 숙였다. 자신들이 누리는 작은 행복이 눈앞에 있는 노파의 행복을 파괴한 결과 위에 세워진 것이라는 죄책감 때문이리라. 남편과는 달리 성품이 성실하다고 하쓰에는 생각했다.

"그쪽이 무슨 죄가 있나요."

하쓰에는 남자의 손을 잡고 말했다.

그녀가 이 집에 처음 발을 들인 것은 단순히 이들을 괴롭혀주고 싶은 마음에서였다.

전남편 장례식 때 절에서 만났고, 그때부터 종종 찾아와 이렇게 돈 봉투를 받아 돌아갔다.

하쓰에는 이 돈을 일종의 위자료라 생각했다.

남편의 장례식이 있던 날, 하쓰에는 장례식장에서 마주친 큰딸 아키와 버스정류장에서 다시 만났다. 하쓰에가 먼저 말을 걸었고 대화가 이어졌다. 아키는 자신도 이해하지 못하는 불만을 하쓰에에게 털어놓았다. 나랑 같이 살래, 하고 하쓰에가 먼저 제안했다. 아키는 잠시 생각하는가 싶더니 시원하게 받아들였고, 다음달부터 하쓰에의 집에서 살게 되었다.

자신이 가족을 빼앗긴 것처럼 이 가족에게도 누군가를

빼앗기는 불행을 맛보게 하고 싶었을까. 아니면 아키의 얼굴에서 자신이 한때 사랑한 남자의 모습을 느낀 것일까.

이 감정은 증오일까 사랑일까. 하쓰에는 알 수 없었다.


현관을 나온 하쓰에는 곧바로 봉투 속을 확인했다. 1만 엔 지폐가 석 장 들어 있었다.

"뭐야, 또 3만 엔이야……."

하쓰에는 내뱉듯 말하고는 파친코라도 들를까 생각했다.


✳


가게 접수 카운터 뒤쪽 휴게실에서 아키와 하루미가 편의점에서 사온 가라아게*를 먹고 있었다.

오늘은 손님이 많지 않다. 동료인 아유가 "토크룸 다녀올게" 하고 지나갔다.

하루미는 웃는 얼굴을 보여준 뒤, 돌연 표정을 바꾸었다.

"쟤, 2차 엄청나게 뛰고 다닐 거야."

"응?"

아키는 그런 소문을 들은 적이 없었다.


* 일본식 닭튀김

"그게 아니면 저렇게 예약이 들어올 리 없잖아."

하루미는 단정적으로 말했다. 하루미는 외모도 스타일도 자신이 더 낫다고 자부했다.

"억울해?"

아키는 놀리듯 물었다.

"억울해. 사야카는 억울하지 않아?"

"전혀."

아키는 하루미가 들고 있는 가라아게에 손을 뻗어 한입 베어물었다.

"사야카는 말이야, 왜 여기서 일해?"

하루미는 아키의 얼굴을 빤히 보았다. 싸구려 향수 냄새가 났다.

아키는 딱히 돈 때문에 여기서 일하는 것도 아니었고 하루미처럼 물장사 판에서 살아갈 생각도 없었다.

"왜라니?"

여기서 일하는 여자들은 호스티스가 되려 하거나 밴드를 따라다니는 경우가 대부분이었다. 그래서 무엇보다 빨리, 손쉽게 돈을 벌어야 했다. 윤락업소라 할 만한 손님과의 접촉은 없었기에 비교적 거리낌 없이 일할 수 있었다. 아키는 둘 중 어느 쪽도 아니었지만 왜 이 일을 하느냐는 질문에 대한 답을 깊이 생각한 적은 없었다.

"손목 긋는 대신?"

아키는 대답하지 않았다.

"남자친구한테 복수?"

"아니야."

아키는 부정했다. 그러자 하루미는 거꾸로 그것이 이유라고 짐작하는 듯했다.

"그렇다면, 더 망가져봐⋯⋯."

하루미는 그렇게 말하고 가라아게를 입에 하나 더 넣었다.

나는 복수를 위해 여기서 일하는 것일까.

아키는 생각해보았다.

어째서 '사야카'라고 동생 이름을 붙였을까.

스스로 묻다가 깊이 생각하는 건 그만두었다. '4번 손님'이 찾아왔기 때문이다.

'4번 손님'은 매번 그랬던 것처럼 4번 칸에 들어가 아키를 지명했다.

아키는 매직미러 너머에서 오 분 동안 퍼포먼스를 한다. 딱 그만큼의 관계이다.

그가 사야카가 아닌 아키에게 관심을 가지는 일도, 아키가 4번 손님에게 가게 밖 데이트를 권하고 더 많은 돈을 받는 일도 없었다.

오늘도 오 분이 지났음을 알리는 타이머가 울렸다. 평소

라면 "만족하셨나요? 또 찾아주세요. 기다릴게요"라는 인사
와 함께 끝났을 터였다.

하지만 하루미의 "더 망가져봐"라는 말이 신경 쓰였는지,
그저 '4번 손님'이라고밖에 부른 적 없는 이 남자에게 흥미
가 생겼는지, 아키는 처음으로 이 남자에게 토크룸을 권해
보았다.

남자는 잠시 생각하더니 화이트보드에 "좋아?"라고 한마
디를 적어 이쪽에 보여주었다.

"좋죠. 사야카, 4번 손님 얼굴을 보고 싶어요."

진심은 아니었다. 거울 너머라고는 하지만 자신에게 돈
을 지불하고 자위행위를 보는 남자의 얼굴 따위 궁금할 리
없었다.

"OK."

화이트보드에 그렇게 적혀 있었다.

아키의 제안을 시원하게 받아들여준 것이다.

"우아! 뭐 할까요? 허그? 나란히 누울까? 무릎베개?"

"무릎베개."

그는 또 화이트보드에 적었다. 그러면 오 분에 2000엔이
된다.

"무릎베개, 접수합니다."

아키는 똑같이 따라 말하고 거울 저편에 비즈니스용 미

소를 날렸다.


　프라이빗룸으로 옮긴 아키는 4번 손님을 무릎에 뉘이고 타이머를 작동했다.

　4번 손님은 모자를 벗기는 했지만 등을 보인 채 누워 있어서 얼굴은 보이지 않았다.

　나이는 스물일고여덟 정도일까. 얇은 파카에 면바지 차림은 회사원이라고 하기에는 너무 자유로웠다. 때때로 영업 일을 빼먹고 가게를 찾는다는 말은 거짓일지도 몰랐다.

　거짓이라 해도 딱히 상관없었다. 이쪽도 여대생이라고 거짓말했으니. 두 거짓말쟁이가 거울 너머로 단 오 분간, 연애라고 부를 수 없는 애정을 주고받는다. 세상에는 거짓인 걸 알면서도 돈으로 애정을 사겠다고 생각하는 남자가 얼마든지 있으니까.

　남자는 말이 없었다.

　아키도 말없이 남자의 머리칼을 쓰다듬어주었다.

　"기분 좋죠…… 여기."

　아키는 바짝 깎아올린 목덜미 부근을 쓸어올리듯 쓰다듬으며 말했다. 그리고 다시 침묵이 이어졌다.

　"올여름 무슨 계획 있으세요?"

　먼저 침묵을 깬 쪽은 아키였다.

남자는 고개를 가로저었다.

"바다 같은 데 안 가세요?"

남자는 아키를 가리켰다.

"저요? 저도 계획은 없어요."

아키는 그렇게 말하더니 "아!" 하며 머리칼을 만지던 손을 멈췄다.

"얼마 전에 엄마가 여동생한테 수영복을 사줬거든요. 어찌나 좋아하는지 집에서도 내내 입고 있어요. 욕조에도 수영복 바람으로 들어가고…… 아, 나도 옛날에 그랬는데 말이죠……."

그리운 추억이다. 그 무렵에는 동생과도 사이가 좋았다. 동생은 사야카보다 한참은 가진 게 많은 아이였다. 공부도 잘했다. 초등학교에 들어간 사야카가 바이올린을 배우기 시작하자 동생도 레슨에 따라왔다. 동생이 초등학교에 들어간 뒤로는 레슨을 함께 받았는데 금세 사야카보다 잘 켜게 되었다. 엄마는 한 사람분의 레슨비만 낼 수 있다고 했다. 결국 사야카는 그만두었다.

남자는 줄곧 말없이 아키의 이야기를 듣기만 했다.

"여기는 직접 이야기해도 되는 곳이에요."

아키는 그렇게 말을 던져보았다. 얼굴을 보려 몸을 기울이자, 모자를 든 남자의 손이 시야에 들어왔다. 손가락 관절이 상처투성이인 데다 피가 굳어 있었다.

"왜 그랬어? 여기?"

때렸다, 라는 듯 남자는 손을 움직여 뜻을 전했다.

"무엇을?"

남자는 자신을 가리켰다.

뭔가 안 좋은 일이 있었을까. 아니면 한심한 자신을 용서할 수 없었을까.

"저도 그런 적 있어요. 때린 적."

아키는 남자의 상처투성이 손을 자신의 두 손으로 감싸주었다.

"아프죠…… 진짜 아프죠."

남자의 손이 미세하게 떨렸다. 아키는 자신이 쥔 손이 타인의 것이 아닌 것 같았다.

그때 타이머가 울리며 두 사람의 '연애'에 끝을 고했다.

남자는 꿈에서 깬 듯 아키의 무릎에서 몸을 일으켰다.

아키의 흰 허벅지에 눈물 자국이 남았다. 아키가 가만히 바라보자 남자는 미안하다는 듯 옷소매로 닦았다.

"괜찮아요."

아키는 그 팔을 붙들었다. 그리고 남자에게 몸을 기울였다. 등 뒤로 두른 팔에 힘을 주어 제 쪽으로 남자를 당겼다. 남자는 받아들였지만 움직이지는 않았다. 남자의 심장 고동이 옷 위로도 전해지는 듯했다.

"어…… 어……."

남자는 뭔가 말하려 했다. 아키는 귀를 기울였다.

"어…… 어……."

남자는 말을 제대로 못 하는 사람인 모양이었다. 그래도 아키는 남자가 무슨 말을 하려는지 알 것 같았다.

"……따뜻해."

아키는 그렇게 말하고 또 한 번 남자를 꼭 안아주었다.

이렇게 사람의 온기를 느끼는 것은 오랜만이었다. 남자의 떨림이 가라앉는 것이 느껴졌다. 자신이 어째서 사야카라는 이름으로 일하고 있는지 아직 잘 모르겠지만, 지금 이 남자를 안고 있는 사람이 사야카가 아니라 아키라는 것만은 확실히 알았다.

✳

아라카와 집은 매년 8월이면 바람이 전혀 통하지 않아서 한낮에는 당최 집에서 지낼 수 없었다. 오사무는 여기에 온 지 십 년 가까이 되었지만 이 더위에만은 익숙해지지 않았다. 안 그래도 일할 마음이 없었는데, 다친 뒤로 더더욱 아무것도 하기 싫어졌다.

하쓰에의 연금 수령일은 앞으로 이 주. 노부요의 월급날은 앞으로 이십 일. 그전에 돈이 떨어져도 벽장에 숨겨둔 낚싯대를 팔면 어떻게든 지낼 수 있다. 쇼타도 이제 혼자 '일'을 할 수 있겠지. 오사무는 멍하니 생각했다.

오늘은 모처럼 노부요가 낮에 일을 마치고 돌아왔다. 덥다고 아우성치며 옷을 벗고는 주방에서 국수를 삶기 시작했다.

오사무는 거실에서 뒹굴면서 속옷 차림의 노부요를 바라보았다.

두 사람이 처음 만났을 때 노부요는 스물네 살이었다. 그때는 오사무도 삼십대 후반, 아직 꿈이 있던 무렵이었다. 지금은 이렇게 같이 살고 있지만 그때 만나지 않았다면 두 사람은 지금 어떤 인생을 살고 있을까.

소면이 익자 노부요는 찬장에서 유리볼을 꺼내 삶은 소면을 담고 얼음을 얹어 거실 테이블에 내놓았다. 고명은 파뿐이다.

두 사람은 마주 앉았다. 밖에서 우는 매미에게 지지 않겠다는 듯 큰 소리를 내며 말없이 국수를 들이켰다.

계속 책상다리로 있었더니 다친 오른 다리의 감각이 없었다. 오사무는 다리를 뻗고 무릎을 세워 오른쪽 발목을 주물렀다.

"아파?"

노부요가 오사무의 다리를 턱짓으로 가리키며 물었다.

"아아…… 비가 오려나……."

오사무는 마당 저편으로 살짝 보이는 하늘을 올려다보았다.

"그 다리 참 신통하네. 기상청에 불려가는 거 아냐?"

그렇게 농을 치고 노부요는 싹 비운 그릇을 챙겨 다시 주방으로 향했다. 오사무는 젓가락을 든 채 그 뒷모습을 눈으로 쫓았다. 노부요가 주방에 들어가자 전등 불빛을 받아 검은색, 붉은색의 화려한 속옷이 비쳐 보였다. 마당의 매미가 일제히 울음을 그쳤다. 어디론가 날아간 모양이다.

"여름에는 역시 국수지."

노부요는 얼음이 넘치지 않도록 조심하면서 그릇을 들고 돌아왔다.

"그치."

오사무는 노부요에게서 눈을 뗐다. 이십대 시절에 비하면 엉덩이나 배에 살이 꽤 붙었다. 출근할 때도 잠에서 덜 깬 채 거의 민낯일 때가 많았다. 최근에는 거의 여자로 의식하지 않았는데, 오늘은 어쩐지 섹시해 보였다.

마당에 내리쬐던 해가 갑자기 숨었다.

"뭐야, 화장을 다 했잖아."

두 그릇째 국수에 젓가락을 뻗으면서 오사무가 말했다.

"백화점에서…… 권하더라고……."

"백화점?"

노부요는 옆에 둔 쇼핑백에서 하나둘 화장품을 꺼냈다.

"이것도…… 이것도…… 이것도……."

"어이 어이."

돈이 어디서 나서, 하는 오사무의 말을 끊고 노부요는 "나 잘렸어"라며 웃었다.

"들켰어?"

손님의 분실물을 빼돌린 것이 발각된 것일까. 오사무는 생각했다.

"뭐…… 그런 거지."

노부요는 사실대로 말하지 않았다.

"다시 같이 술장사라도 할까? 니시닛포리 부근에서."

오사무는 노부요를 격려하듯 그렇게 말했다.

"아키까지 부르면 잘되려나?"

"아니, 너도 아직 충분히 괜찮아…… 그렇게 예전처럼 화장하고 나서면……."

"위로해주는 거야?"

"그런 거 아냐."

좀 전까지 햇볕이 쏟아지더니 거짓말처럼 갑자기 비가

내리기 시작했다. 오는가 싶더니 순식간에 빗방울이 선을 그리고, 마당 식물들 잎사귀를 세차게 흔들었다. 밝은 색이던 툇마루 나무가 비에 젖어 새까매졌다. 빗소리가 흙먼지 냄새와 함께 방 안으로 훅 끼쳤다.

"거봐……."

오사무는 그 냄새를 있는 대로 들이마신 뒤 또 한 번 오른 다리를 주물렀다.

매미보다 빨리 비가 올 것을 알아챈 자신의 다리를 살짝 칭찬해주고 싶었다.

노부요는 국수를 입에 가득 넣은 채 가만히 마당을 바라보았다.

오사무는 그 옆얼굴을 훔쳐보았다. 아름다웠다.

보통은 그런 생각도 없지만 오사무는 때때로 노부요의 표정에서 섹시함과는 다른 거룩함을 느낄 때가 있었다. 지금도 그랬다.

"나 좀 지쳤어……."

마당에 쏟아지는 비를 보며 노부요가 말했다.

"그것도 혹시…… 한 거야?"

오사무는 노부요의 브래지어를 가리켰다.

"알아보네?"

갑자기 자신을 되찾은 듯 노부요는 평소의 얼굴로 돌아

가 웃으며 브래지어의 어깨끈을 보여주었다.

"1980엔, 그렇게 안 보이지?"

오사무는 손을 뻗어 만져보았다.

"응, 좋아 보여."

오사무는 그렇게 말하고 국수 그릇을 젓가락으로 휘저었다. 노부요는 국수를 잔뜩 마신 뒤 오사무에게 얼굴을 가져갔다. 입을 맞추고 다시 아무 일 없던 것처럼 국수를 들이켜기 시작했다.

오사무는 입속에 있는 국수를 꿀꺽 삼켰다. 오사무의 얼굴을 올려다보며 노부요는 젓가락을 놓고 손등으로 입을 훔쳤다. 그러고는 덮치듯 오사무를 다다미 바닥에 쓰러뜨렸다. 덮고 덮이듯 하나가 되어 입을 맞췄다. 목덜미에 이마에 귓가에.

수동적이던 오사무도 노부요의 등 뒤로 팔을 감았다. 속옷 위로도 그녀의 육체적 매력을 충분히 느낄 수 있었다. 오사무는 노부요 위로 올라가려고 자세를 바꾸다가, 발로 밥상을 차고 말았다. 국수 그릇이 왈칵 엎어져 오사무의 등에 쏟아졌다.

"앗, 차가!"

오사무는 몸을 벌떡 일으켰다.

노부요는 툇마루 문이 열려 있는 것을 깨닫고 문을 닫으러 갔다. 쏟아진 국수를 손으로 집어 담으면서 오사무는 노부요를 바라보았다. 돌아온 노부요는 오사무의 손을 잡고 불단 방으로 향했다.

빗소리가 더 격해지더니 당장이라도 천둥이 칠 듯했다.

오랜만에 한 섹스는 순식간에 끝났다.

그래도 오사무는 숨이 차고 땀범벅이 되었다.

이렇게 살을 맞댄 것이 얼마 만인지.

약간이라도 바람을 쐬고자 알몸으로 툇마루에 앉은 오사무는 담배를 피우며 생각했다.

오사무는 원래 여자에 약했다. 경험이 아주 없는 것은 아니다. 고등학교 시절, 절도로 정학을 당했을 때 나이를 속이고 윤락업소에 간 적이 있었다. 함께 훔치던 같은 반 친구가 혼자만 도망쳐서 미안하다며 데려간 것이었다. 오사무는 그때 열일곱 살이었다.

기분이 좋지만은 않았다. 연상의 여자가 자신의 그곳을 보고 웃는 것 같았고, 그 후로 여자를 멀리하게 되었다. 노부요와는 호스티스와 손님 관계던 시절에 딱 한 번 그런 적이 있었다. 만취한 노부요를 아파트까지 데려다주고 그대로 아침까지 한 이불 속에 있었다.

다음 날 아침 눈을 뜨자 노부요가 자신의 위에 올라와 있었다. 그때도 금방 끝났다.

노부요는 전남편의 폭력에 시달린 탓에 "남자는 이제 됐어"라고 입버릇처럼 말했고, 오사무도 허세를 부리며 "이제 그런 나이도 아니고"라고 경험이 거의 없음을 속였다.

부부로 함께 살면서도 섹스는 하지 않았다.

노부요가 때때로 신호를 보냈지만 오사무는 모르는 척했다.

이 집에 온 뒤로는 하쓰에가 늘 집에 있었고, 쇼타에 아키, 하나둘 가족이 늘면서 오사무는 남자로 살기보다, 남편으로 있기보다, 아버지로 있으면 충분했다. 오사무에게는 다행이었다.

이날, 두 사람이 오랜만에 남녀로 돌아간 데에 가장 놀라면서도 기쁜 사람은 오사무였다.

"왜 그리 신이 났대?"

불단말 이불에 누워 있던 노부요가 말했다.

저도 모르게 오사무가 콧노래를 부른 모양이었다.

"그러니까…… 너……."

오사무는 뒤돌아보았다.

"성공했어……."

노부요는 쓴웃음을 지었다.

"괜찮았지?"

"뭐, 응…….."

"어…… 만족 못 한 거야?"

"땀도 안 났는걸."

노부요는 불만을 터뜨렸다.

오사무는 기분이 살짝 가라앉았지만 그래도 즐거웠다.

노부요는 오사무에게 담배를 빼앗아 한 모금 빨았다. 오랜만이어서 기침이 나왔다. 그때마다 엉덩잇살이 이불 위에서 출렁였다.

담배를 돌려주면서 노부요가 말했다.

"한 게임 더 할까?"

"몇 살인 줄 아는 거야? 이제 살짝 여운에 젖어봐."

"여운이 너무 길잖아…….."

땀이 멈추지 않고 계속 흐르는 탓에 오사무는 목욕수건을 가지러 갔다. 땀을 닦으며 돌아온 오사무는 노부요의 등에 까만 점 같은 것을 발견하고 얼굴을 들이댔다.

"등에 파 붙었다."

아까 국수를 엎을 때 붙었을 것이다.

"어? 어디?"

노부요는 등에 손을 뻗었지만 닿지 않았다. 오사무가 목욕수건을 이불 옆에 던진 뒤 노부요의 등에 올라가 날름 파를 핥았다.

"으악, 간지러워……."

노부요는 움찔하며 몸을 뒤틀었다. 오사무는 그 반응에 또 흥분했는지 등 뒤에서 노부요를 끌어안고 파가 없는 곳도 핥기 시작했다.

그때 바깥에서 쇼타와 린의 목소리가 들렸다. 두 사람은 일순 움직임을 멈추고 귀를 기울이다가 서둘러 몸을 떼어냈다. 동시에 "다녀왔습니다" 하며 쇼타가 툇마루 유리문을 열었다.

오사무는 재빨리 고쟁이를 주워입은 뒤 목욕수건을 들고 툇마루까지 뛰어나갔다.

"어서 와. 비 엄청 오지……."

오사무는 흠뻑 젖은 채 서 있는 쇼타와 린의 머리에 목욕수건을 씌워 노부요가 보이지 않게 했다.

"우리도 비 맞아서 다 젖었어."

노부요는 황급히 타월지로 된 이불을 머리에 뒤집어쓰고 비에 젖은 척했다.

"뭐 했어?"

쇼타가 두 사람을 번갈아 보면서 물었다.

"비 맞은 거 봐, 얘네."

오사무는 노부요를 돌아보며 말했다.

"천둥도 엄청났지?"

노부요도 거들었다.

"있잖아…… 매미가…… 아직 허물을 안 벗었는데…….."

린이 매미 유충 얘기를 시작했다. 오사무는 건성으로 들으며 둘의 머리칼을 목욕수건으로 박박 닦아주었다.

"자, 목욕해야지 목욕. 얼른 욕실로 가자."

오사무는 두 아이를 재촉해 욕실로 데려갔다. 남겨진 노부요는 타월지로 된 이불을 머리에서부터 뒤집어쓴 채 웃음을 터뜨렸다.

그랬다.

노부요는 일을 포기하고 이런 시간을 선택한 것이었다.

시시하고 바보 같은 사건이다. 쇼타와 린이 어른이 되면 오늘 일을 말해줘야지. 그리고 넷이서 신나게 웃어야지.

나는 옳은 선택을 한 거야.

노부요는 그렇게 생각했다.

밤이 되자 거짓말처럼 비가 그쳤다.

목욕을 끝낸 오사무는 거실에서 쇼타와 린에게 마술을 보여주었다. 스카프를 손가락 모양 골무에 밀어넣어 숨기는

'사라지는 스카프'라는 도구 트릭 마술이었다. 오사무는 이 래봬도 손기술이 아이들 속일 정도는 되었다.

오사무는 예의 리처드 클레이더만의 곡을 흥얼거리며 손 수건을 펼쳤다. 그리고 빨간 스카프를 뭉쳐, 펼친 손수건 한 가운데에 찔러넣기 시작했다.

"잘 봐…… 이 스카프가 손 안에서 없어질 거야. 자, 거기 꼬마 신사와 꼬마 숙녀분, 잘 보시기 바랍니다!"

그 말에 두 아이는 이마가 손수건에 닿을 만큼 얼굴을 들 이밀었다. 주방에서는 모처럼 하쓰에와 노부요가 나란히 식 사를 준비하고 있었다. 식사라고 해도, 하쓰에는 맥주 안주 로 먹을 토마토를 자르고 노부요는 옥수수를 삶을 뿐, 요리 라고 할 만한 것은 없었다.

"다녀왔습니다."

모처럼 아키의 기운찬 목소리가 현관을 울렸다.

"어서 와. 이제 비 안 와?"

노부요가 뒤돌아보며 아키를 맞았다.

"응, 괜찮아."

아키는 토마토 접시를 들고 툇마루로 가는 하쓰에와 복 도에서 마주쳤다.

하쓰에는 발갛게 상기된 아키의 얼굴을 보고 싱긋 웃으 며 드러난 어깨를 건드렸다.

"무슨 좋은 일 있었니?"

"응."

아키는 솔직하게 인정했다.

"정말?"

하쓰에는 놀라며 되물었다.

"할머니한테 다음에 말해줄게."

아키는 하쓰에를 팔꿈치로 쿡 찌르며 말했다.

"이거야?"

거실에서 오사무가 새끼손가락을 세워 보였다.

"뭐, 응."

아키는 냉장고를 열어 보리차를 꺼내 컵에 따르고는 단
숨에 마셨다.

"어떤 남자?"

냄비에 든 옥수수를 젓가락으로 찔러보며 노부요가 질문
했다.

"가게 손님."

"잘생겼어?"

"응……."

"우아…… 어떤 스타일?"

"과묵."

"아, 과묵한 남자가 최고지. 수다쟁이는 꽝이야."

노부요는 젓가락으로 오사무를 가리켰다.

"왜? 나 불렀어?"

오사무가 또 둘의 대화에 끼어들었다.

"안 불렀어."

노부요에 이어 아키도 "안 불렀어" 하고 거들며 웃었다.

"다 됐다!"

노부요의 선언에 아키는 노부요 대신 냄비를 기울여 옥수수 삶은 물을 버렸다. 뽀얀 증기가 주방을 채웠다.

"다음에 여기 데려와도 돼?"

"여기? 그 남자를?"

"응. ……안 돼?"

"어쩌려나…… 여기는."

노부요는 뭔가 말하려다 그만두었다.

"음…… 꽤 괜찮은 남자면 내가 잡아먹을지도 몰라."

"뭐야, 그럼 그만둘까?"

두 사람은 재미있다는 듯 웃었다.


"하나, 두울, 셋!"

오사무는 아이들의 카운트다운에 맞춰 손수건에 숨을 불어넣는 척하면서 몰래 고무 골무를 엉덩이 밑에 감췄다.

둘은 손수건만 뚫어져라 보았다.

"자…… 사라졌지?"

"엄청나다!"

린은 깜짝 놀랐다.

"굉장하지? 이봐 이봐, 어디 갔게?"

노부요가 삶은 옥수수를 들고 와서 오사무가 숨겨둔 고무 골무를 집어 들었다.

"짜잔!"

노부요는 골무 안에서 사라진 빨간 스카프를 살짝 꺼내 쇼타와 린에게 보여주었다.

"바보냐? 하지 마."

오사무는 진심으로 화를 냈다.

아키는 주방 의자에 앉아 알콩달콩 장난치는 두 사람을 지켜보면서 역시 언젠가는 이곳에 '4번 손님'을 데려와야겠다고 생각했다.

"어? 이게 다야?"

트릭이 공개되자 쇼타는 실망했다.

"이런 건 나도 하겠다."

쇼타의 말에 오사무는 정색하며 말했다.

"알았어. 이제 더 어마어마한 걸 보여줄게."

그렇게 말하며 아이방을 가리켰다.

"린, 카드 좀 가지고 올래?"

"응."

린은 튀어오르듯 자리에서 일어나 아이방으로 갔다. 쇼타는 린의 뒷모습을 바라보며 오후에 있었던 일을 떠올렸다.

"오늘…… 여동생한테는 시키지 말라고 그랬어."

"엉? 뭐를?"

오사무는 카드를 신경 쓰느라 건성으로 대꾸했다.

"린, 찾았어? 빨간색 거기 제일 아래야."

오사무는 다시 린에게 말했다.

"찾고 있어."

린은 카드가 안 보이는 모양이었다.

"이거 말이야……."

쇼타는 예의 의식을 치르고 왼손에 입을 맞췄다.

"누가?"

"야마토야 할아버지."

"린한테는 아직 좀 이른가 보지."

오사무가 훔치는 시늉을 해 보인 다음, 자리에서 일어나 아이방으로 향했다.

혼자 남겨진 쇼타는 자기 안에 눈뜨는 '죄책감'을 어쩔 수 없이 참았다.

다다미 위에 손가락 모양 골무 하나가 뒹굴고 있었다. 쇼타는 골무를 집어 들고는 삐져 나온 빨간 스카프를 마저 끄

집어냈다.


하쓰에는 툇마루에서 나선형 모기향을 곁에 두고 차가운
토마토를 안주 삼아 맥주를 마시고 있었다.

"불량 할멈, 그러다 감기 걸려."

오사무는 그렇게 말하면서 맥주를 들고 와 하쓰에 옆에
앉았다.

"어라…… 불꽃놀이 하나?"

그러고 보니 아까부터 멀리서 둔탁한 소리가 들렸다. 방
안에 있을 때는 몰랐는데 여기까지 나와보니 맨션 저편에
서 확실히 불꽃놀이 소리가 들려왔다.

"스미다가와 쪽인가…… 옛날에는 매년 보러 갔는데……
한번 장대비를 맞은 뒤로 안 가게 됐어."

불꽃이 보이지 않는 하늘을 두 사람은 나란히 올려다보
았다.

"보여? 불꽃?"

린이 가져온 트럼프 탓에 골치가 아파진 노부요가 물었다.

"소리만."

거실을 돌아보며 오사무가 말했다.

"뭐야, 소리뿐이야?"

쇼타가 옥수수를 집어 들며 말했다.

"……왜 스타마인, 무슨무슨 불꽃이라고 부르는 그거. 옛날에 많이 쐈거든. 남편이 콩 시세차익으로 대박 났을 때……."

하쓰에가 맥주를 컵에 따르더니 또다시 왕년 자랑을 시작했다. 오사무는 벌써 몇 번이나 들은 이야기였다.

"우아…… 대단하셨구만……."

평소 같으면 진짜인지 거짓인지 알 수 없는 옛날이야기 따위 코웃음치고 말았겠지만 오늘은 신경 쓰지 않았다.

"시바타 오사무 불꽃, 피융…… 펑…… 파바바바박……."

하쓰에의 이야기를 들은 뒤 오사무는 자신만의 불꽃을 쏘아 올려보았다. 오늘은 특별한 날이다.

"제대로 터졌어?"

하쓰에는 옆에 앉은 오사무의 잔뜩 신난 옆얼굴을 바라보았다.

"아…… 스타마인까지는 못 돼. 그냥 펑 하고 말았어."

"그래? 잘됐네……."

"응, 잘됐지."

그때, 유달리 커다란 소리가 났다.

"음…… 이제 슬슬 끝인가?"

"벌써 끝이라고?"

노부요가 물었다. 그것이 신호라는 듯 모두가 툇마루로 나왔다.

오사무가 이리 오라며 린을 불렀다. 린은 나무젓가락으로 펜 옥수수를 베어물며 다가와서는 오사무의 무릎 위에 앉았다.

"하나도 안 보이는데."

아키는 그렇게 말하며 웃었다.

"소리만, 소리만."

오사무도 웃었다.

여섯 사람은 캄캄한 바닷속에서 수면으로 비쳐드는 태양빛을 올려다보는 물고기처럼, 맨션 빌딩 저편에 손바닥만 하게 보이는 밤하늘을 올려다보았다.

이삭이 열리기 시작한 벼가 바람을 맞아 하얗게 물결쳤다. 마치 파도 같았다. 열차는 터널을 빠져나가 다시 한참동안 논으로 된 바다 위를 미끄러지듯 달렸다.

쇼타는 맨 앞 칸의 맨 앞에 서서 삶은 달걀을 먹었다.

어른들은 가라아게를 손에 든 채 벌써부터 맥주를 마시기 시작했다. 린은 새 샌들을 벗고 노부요 옆자리에 올라와 무릎으로 서서 창밖을 내다보았다.

"자동차…… 우체통…… 강…… 자전거."

린은 눈에 들어오는 것들을 하나하나 소리 내어 말하며 노부요에게 가르쳐주었다.

"그리고?"

"그리고 구름. 물고기 같아."

린은 하늘을 가리켰다.

"정말이네. 고래 같지 않아?"

노부요도 구름을 올려다보았다.

"물고기."

"그리고?"

"철길."

"저기는?"

"스카이트리 같은 것도 보여."

"정말이네."

처음으로 온 가족이 함께 바다에 간다.

딱히 생활에 여유가 생겨서는 아니었다. 노부요는 실업자가 되었고, 오사무는 일할 의지가 없었다. 그리고 아키는 일은 했지만 애인이 생겼다는 핑계로 여전히 생활비를 보태지 않았다.

최근에는 방범카메라를 설치하는 매장이 많아져 쇼타가 '일'을 할 수 있는 가게도 점점 줄어들었다. 고정 수입은 하쓰에의 연금뿐이었다. 그럼에도 새로 산 수영복을 욕실에 입고 들어가고 튜브에 바람을 불어넣는 아이들을 보며 하쓰에가 먼저 말을 꺼냈다.

"올해가 마지막일지도 모르니까."

내년 여름이면, 아키는 애인과 함께 살기 시작할지도 모른다. 노부요도 하쓰에의 제안에 찬성했다.

종점에서 내려 다시 버스로 갈아탔다. 내내 맥주를 마신 오사무는 버스가 해안에 도착할 무렵에는 거나하게 취해 있었다.

햇볕 아래 새하얗게 빛나는 모래밭에 내려선 순간, 쇼타와 린은 "더워 더워 더워" 하며 튀어오르듯 바다를 향해 돌진했다.

"조심해!"

아키도 둘을 쫓아 달려갔다.


오사무는 가족들과 떨어져 해변 외곽으로 가서 주변을 둘러보았다.

해수욕을 하는 건지 해변 매점에서 빙수라도 먹는 건지, 파라솔과 짐만 달랑 놓인 비닐 돗자리가 하나 있었다. 오사무는 사람이 오지 않는 것을 확인하고 모래밭에 꽂힌 파라솔을 뽑아 냅다 달렸다.

"어이, 여기 파라솔."

오사무는 가족들이 앉아 있는 돗자리 옆에 파라솔을 꽂았다.

"이 정도면 그늘져서 괜찮을 거야."

슬쩍했다는 걸 알 리 없는 하쓰에는 파라솔을 올려다보았다.

"봐, 내가 노인 공경도 제대로지."

전철비부터 맥주까지 죄다 하쓰에가 냈으니 오사무 나름대로 눈치 빠르게 움직여본 것이다. 다들 돗자리에 앉아 물에 들어갈 준비를 시작했다.

아키는 겉옷을 벗고 자외선차단제를 바르기 시작했다. 튜브에 바람을 불어넣던 쇼타의 시선이 아키의 뽀얀 가슴에 꽂혔다.

"쇼타, 얼른 불어야지."

오사무는 푸른색 알로하셔츠를 벗고 잠방이 바람이 되었다.

"응!"

쇼타는 숨을 크게 들이쉰 뒤 다시 한 번 진지하게 튜브에 바람을 불어넣었다.


바다는 서핑하는 사람들로 북적였지만 더 멀리 나가니 갑자기 조용해졌다.

바닥에 발이 닿지 않는 바다에서 이리저리 떠다니며 오

사무와 쇼타는 큰 파도를 기다렸다.

"쇼타, 너 가슴 좋아해?"

오사무가 쇼타의 등 뒤에서 물었다.

"별로……."

쇼타는 얼버무렸다.

"거짓말. 아까 계속 봤잖아."

'들켰다.'

문득 부끄러워진 쇼타는 입을 다물었다.

"괜찮아. 남자는 다 가슴 좋아해. 아빠도 엄청 좋아해."

오사무는 그렇게 말하며 쇼타의 등 뒤를 받쳐주었다. 쇼
타도 웃음을 터뜨렸다.

"혹시 너 요즘 아침에 이게 커져 있고 그러니?"

오사무는 물속에서 쇼타의 사타구니를 만졌다.

"하지 마!"

쇼타는 몸을 비틀며 오사무에게서 벗어났다.

"맞지?"

"다들 그런 거야?"

쇼타는 몸을 돌려 오사무를 보았다.

"다들 그래. 남자는 다들 그래. 마음이 놓여?"

"응. 병인가 했어."

쇼타는 쑥스러워하며 말했다.

오사무는 워낙 늦된 편이어서 중학생이 되어서야 몸의 변화를 감지했다. 그 무렵 아버지는 이미 없었고 딱히 상담할 만한 친구도 없었다.

언젠가 아들과 이런 대화를 나누고 싶었다.

아니, 아버지와 아들이라면 이런 대화를 하지 않을까, 하며 상상했던 장면을 행동으로 옮겨보았다.


파도가 밀려오는 물가에서 아키와 린이 손을 잡고 서 있다. 린은 파도가 올 때마다 뒷걸음질하며 좀체 발을 물에 담그려 하지 않는다.

노부요와 하쓰에는 오사무가 훔쳐온 파라솔 아래에서 여유롭게 바다를 바라보았다.

"린, 잘 웃네."

노부요가 옥수수를 먹으며 말했다. 하쓰에도 웃음소리에 귀를 기울였다.

"어, 그렇구나."

"한 자루에 500엔이라니, 대체 얼마나 남겨먹는 거야."

투덜거리면서도 사고 말았다. 노부요는 옛날부터 옥수수를 좋아했는데, 특히 간장을 발라 구운 옥수수라면 정신을 못 차렸다.

노부요는 하쓰에에게 "한입?" 하고 권했다.

"베어먹을 수가 있어야지."

하쓰에는 입을 벌려 보였다. 과연, 옥수수를 빨아 먹을 수도 없겠다 싶었다.

쇼타와 오사무도 아키와 린 쪽으로 합류했다. 네 사람은 손을 잡고 파도에 맞춰 점프를 하며 놀았다.

"내 말이 맞지?"

노부요는 하쓰에를 보지 않은 채 말했다.

자신이 선택한 쪽이 '유대'가 강한 법이다. 노부요는 정말 그렇게 생각했다.

린을 데려와 키우겠다는 각오가 섰다는 말이구나 하고 하쓰에는 바로 알아들었다.

"그런 건 길게 가지 않지만……."

이런 행복은 언제까지고 계속되지는 않는다. 하쓰에는 냉정하게 생각했다.

"하지만 말이지…… 피가 이어지지 않아서 좋은 것도 있지 않아?"

노부요는 아무래도 그렇게 믿고 싶은 듯했다.

혈연이라고는 아무도 없으니 그렇게 생각하는 것도 이상한 일이 아니었다. 하쓰에는 노부요가 의지하는 희망을 더 부정하지 않기로 했다.

"뭐, 쓸데없는 기대를 안 해야 말이지……."

피로 이어져 있으면 오히려 그렇게 되는 법. 아득한 옛날에 접었다고 생각한 감정이 사실은 마음 한구석에 가라앉아 있었던 것뿐임을 깨달을 때가 있다.

그것은 자신이 전남편과 그 가족에 대한 질투를 느끼는 것만으로도 충분히 알 수 있었다.

피는 성가실 뿐이다. 하쓰에는 그렇게 생각했다.

노부요는 하쓰에의 말에 조금 쓸쓸한 듯 웃었다.

'딸로 여기고 조금은 기대해도 되는데.'

노부요는 속으로 생각했다.

하쓰에는 노부요의 웃는 얼굴을 똑바로 보았다.

"노부요, 가만히 보니 예쁜 얼굴이네……."

노부요가 깜짝 놀라며 하쓰에를 보았다.

"갑자기 무슨 말이래?"

"얼굴 말이야."

하쓰에는 눈을 가늘게 뜨고 웃었다.

가족에 대해 이야기할 때 노부요의 얼굴은 자비로운 보살 같구나. 하쓰에는 생각했다.

"갔다 올게."

노부요는 민망한지 하쓰에의 시선을 피해 파도가 밀려오는 모래밭으로 향했다.

돗자리에는 하쓰에 혼자 남았다. 모래에 내놓은 자신의 맨발이 눈에 들어왔다. 피부가 늘어진 뽀얀 발에 검버섯이 잔뜩 피어 있었다.

"검버섯 엄청나네……."

하쓰에는 소리 내어 말해보았다. 그러고는 이글거리는 햇볕에 한껏 달궈진 하얀 모래를 손으로 떠서 발에 뿌렸다. 모래는 바슬바슬 정강이를 타고 미끄러지듯 흘러내려 모래밭으로 돌아갔다. 한 톤 높은 오사무의 웃음소리에 하쓰에는 고개를 들었다.

태양이 구름 속으로 들어가 갑자기 날이 흐려졌다. 하쓰에는 등에 한기를 느꼈다.

노부요까지 합류해 다섯 명이 손을 잡고 파도를 기다렸다. 그 뒷모습을 바라보며 하쓰에는 작게 중얼거렸다.


"고마웠어."


하지만 그 목소리는 파도소리와 다섯 사람의 웃음소리에 묻혀 누구의 귀에도 닿지 않았다.

5장

구
슬

린은 입속에 뭔가 느껴져서 눈을 떴다. 머리맡에 노란색 뚜껑의 유리병이 놓여 있고, 그 안에는 얼마 전 바다에서 주워 온 조개껍데기와 쇼타에게 받은 넥타이핀이 들어 있었다. 린의 보물상자이다.

린은 자리에서 일어나 옆에서 자는 노부요의 팔을 두 번 두드렸다. 너무 더워서 좀체 잠을 못 이뤘는지 노부요는 일어날 기미가 없었다. 오사무는 시끄럽게 코를 골았다. 린은 일어서서 벽장까지 가더니 문을 벌컥 열었다.

쇼타가 깜짝 놀라 벌떡 일어났다.

"갑자기 열지 좀 마."

린은 쇼타 앞에 손을 펴 보였다.

"이가 빠졌어."

"이?"

쇼타는 깜짝 놀라 린의 손을 들여다보았다. 하얗고 작은 이가 하나 있었다. 쇼타가 린의 얼굴을 보았다. 린이 입을 벌리고 앞니가 있던 자리로 혀를 쏙 내밀었다.

쇼타가 오사무와 노부요를 깨웠다. 빠진 이는 지붕 위에 던지기로 했다. 주방 의자를 툇마루에 낸 뒤, 쇼타가 의자에 올라갔다.

"튼튼한 이가 새로 나게 해주세요, 하고 던지는 거야."

오사무의 말에 쇼타가 "알고 있어" 하고 대꾸했다. 제 이가 빠질 때마다 한 일이었다. 아랫니는 지붕에, 윗니는 처마 밑에. 누가 정했는지 모르겠지만 규칙다운 규칙이라고는 없는 이 집에서 이를 던지는 의식만큼은 엄격하게 지켜지고 있었다.

쇼타는 린과 "튼튼한 이가 새로 나게 해주세요" 하고 한목소리로 외치고는 "요"를 말하는 타이밍에 이를 던졌다.

그때 불단 방에서 아키가 "할머니 일어나봐" 하고 다급하게 부르는 소리가 들렸다.

"할머니…… 일어나……! 할머니!"

쇼타는 아키의 목소리를 듣고 뭔가 큰일이 일어났음을 감지했다.

오사무는 불단 방으로 갔다. 노부요도 일어나 하쓰에에게
달려갔다.


"할머니…… 할머니…… 어쩌지…… 할머니가…… ."

의자에서 내려온 쇼타는 린의 어깨에 손을 얹은 채 거실
과 불단의 경계가 되는 문턱에서 하쓰에가 누워 있는 이불
을 내려다보았다.

"아키. 110번 전화……."

오사무는 아키의 휴대전화를 손에 들었다.

"아니, 119던가…… 뭐였지……?"

"구급차? 119."

당황한 오사무에게 쇼타가 일러주었다.

옆에 다가와 하쓰에의 얼굴을 들여다보던 노부요가 냉정
하게 오사무의 손에서 휴대전화를 빼앗아 전화를 끊었다.

"뭐야!"

오사무가 버럭 화를 냈다.

"죽었어. 얼굴색을 봐. 이제 살아 돌아올 수 없어……."

오사무는 흙빛으로 변한 하쓰에의 얼굴을 다시 자세히
들여다보았다.

"구급차 같은 거 부르면……."

노부요는 오사무의 머리를 쥐어박았다. 구급차를 부르면

이 집의 비밀이 죄다 드러나고 만다.

아키는 아직도 하쓰에 머리맡에 앉아 할머니를 부르고 있다. 아직 사태를 받아들일 수 없는 모양이었다.

"어쩔 수 없잖아…… 다 정해진 순서인걸."

노부요는 이렇게 말하고 아키의 등을 토닥토닥 다독여주었다.


아키는 하쓰에의 곁을 떠나려 하지 않았다. 오사무는 가만있지 못하고 거실을 배회했다.

"장례는 어쩌지…… 화장해야 하나."

"그럴 돈이 어딨어."

노부요는 방 한가운데 놓인 키 낮은 밥상에 아무렇게나 앉아 오사무에게 말했다.

"그래도……"

그럼 어쩌면 좋은데, 하고 답을 구하는 눈으로 오사무는 노부요를 보았다.

"조금 더 곁에 있어주자. ……할머니도 분명 쓸쓸할 테니까."

노부요가 무슨 말을 하는지 오사무는 알 수 없었다.

노부요는 불단 안쪽에 있는 아이방을 돌아보았다.

"헙!"

오사무는 노부요가 '문자'라고 말하고 있음을 깨달았다.

"그래도⋯⋯."

"린도 할머니랑 헤어지기 싫지?"

노부요는 린의 머리를 쓰다듬으며 물었다.

"응."

린은 분명하게 고개를 끄덕였다.

"거봐, 그러니까 남겨진 우리 모두 힘을 합쳐보자고. 여기에서. 할머니 몫까지! 알았지?"

노부요는 '여기에서'에 힘을 주어 말했다.

오사무는 말없이 고개를 끄덕였다.

✳

다 같이 창고처럼 쓰던 아이방의 짐을 거실로 옮겼다.

다다미 두 장을 들어내고 그 밑을 받치던 나무 두 쪽을 톱으로 자르자 흙이 드러났다.

오사무는 팬티 바람으로 삽을 들고 방 밑 흙을 파냈다. 노부요와 쇼타는 파낸 흙을 양동이에 담아 거실로 옮겨 펼쳐둔 비닐 돗자리 위에 쌓았다.

지난번 바다에 갔을 때 쓴 돗자리였다. 쇼타는 섬 모양 그림이 서서히 흙으로 덮여 보이지 않아서 슬펐다. 린은 쇼타와 노부요가 쌓은 흙더미에 나뭇가지를 세워 묘지처럼 보이게 만들었다. 린은 할머니의 죽음을 이해할까. 쇼타는 궁금했다.

이 집에 오기 전에 함께 살던 '밀개떡 할머니'는 지금 천국에 있다고 린이 말했다.

그 죽음에도 이렇게 입회했는지, 린에게 묻지는 않았다. 하지만 이제 헤어질 거라는 사실만은 분명 이해하는 듯 보였다.

아키는 아까부터 할머니 머리맡에 앉아서 내내 울면서 빗으로 머리칼을 빗어주었다. 뭔가 입속으로 중얼거렸지만 쇼타에게는 들리지 않았다.

노부요와 교대로 양동이를 들고 오가던 쇼타가 구덩이 앞에 쪼그려 앉았을 때, 허리까지 구덩이에 들어간 오사무가 "괜찮아?" 하고 물었다. 그리고 쇼타의 눈을 똑바로 보며 말을 이었다.

"할머니는 처음부터 없었던 거야. 우리 가족은 다섯 명이야."

흰소리만 늘어놓는 평소의 오사무가 아니었다. 다른 집에 사는 모르는 아저씨 같았다.

"응."

쇼타는 그렇게 말하고 오사무에게서 눈을 돌렸다.

오사무와 노부요가 울고 있는 아키를 부축해 하쓰에 곁에서 떼어놓았다. 그러고는 하쓰에를 묻고 흙을 덮어 다다미를 예전처럼 복구했다.

　쇼타는 가만히 지켜보았다.

　"너도 기르던 도마뱀이 죽었을 때 마당에 묻었지? 그거랑 같아."

　안 좋은 소리를 들을 것 같았는지 오사무는 그렇게 말하며 웃었다. 쇼타는 웃지 않았다. 오사무는 흙투성이 손으로 쇼타의 머리를 쥐어박고는 욕실로 향했다.

　욕실에서 온몸에 비누칠을 하고 몸에 더운물을 끼얹었다가 오사무는 십 년 전 사건을 떠올렸다.

　그때도 여름이었다. 그날도 이렇게 흙을 씻어냈다. 그때도 작은 창밖에서 방울벌레 소리가 났다. 그렇게 기억을 떠올리는 참에 등 뒤에서 인기척이 느껴져 깜짝 놀라 돌아보았다. 노부요가 목에 목욕수건을 걸고 욕실 문간에 서 있었다.

　"또 이런 일을 하게 될 줄이야……."

　오사무는 자조했다. 또 한 번 바가지로 물을 떠서 등에 끼얹었다.

　"그래도 그때랑은 완전 다르지."

　노부요도 오사무와 같은 일을 떠올리는 듯했다.

"맞아. 어떻게 생각하면 할멈도 행복했을지도 몰라."

"그야 그렇지. 혼자 죽는 것보다 훨씬 낫지."

두 사람은 하쓰에가 말한 '보험' 이야기를 떠올렸다.

"비누 아직 남았어."

노부요는 오사무에게 바가지를 받아 등에 남은 거품을 씻겨주었다.

손끝으로 등을 쓸어내리면서 노부요는 오사무의 피부가 좋다고 생각했지만, 이럴 때 꺼낼 말이 아닌 것 같아 입 밖에 내지 않았다.

"만약에 내가 저리 되면……."

오사무는 노부요에게 등을 보인 채 말했다.

"마당 연못 밑에라도……."

오사무가 무슨 말을 하는 건지 노부요는 알아들었다.

평소와 같은 응석인지, 나름대로 애쓴 애정표현인지 알 수 없었지만 노부요는 기뻤다.

"연못은 그렇게 크지도 않잖아……."

노부요는 이 화제를 농담으로 만들려고 그렇게 말했다. 노부요는 목에 건 목욕수건을 풀어 오사무의 등을 닦았다. 이제 괜찮다고 말하듯 등을 톡톡 두 번 두드렸다.

오사무는 목욕수건을 받아들어 허리에 두른 뒤 도망치듯 욕실에서 나갔다.

"발 제대로 닦고! 만날 물이 뚝뚝 떨어지잖아."

노부요가 오사무의 뒤에 대고 말했다.

"알아."

대답하는 목소리는 평소의 오사무였다.

＊

가족 모두가 기다리고 기다린 하쓰에의 연금 수령일이
되었다.

"같이 가."

노부요가 채비를 하자 웬일로 쇼타가 먼저 함께 가자고
해서 둘이서 집을 나섰다.

노부요가 하쓰에의 카드를 들고 은행 ATM 앞에 줄을 섰
고, 쇼타는 바깥에서 기다렸다.

잠시 후 노부요가 은행에서 나와 가방에 봉투를 넣었다.
가드레일에 앉아 있던 쇼타가 탁, 하고 두 발로 지면에 내려
섰다.

"얼마?"

쇼타가 노부요에게 달려와 물었다.

"11만 6천 엔."

"누구 돈이야?"

"……할머니……."

노부요는 걸으며 봉투가 든 가방을 두드렸다.

"그럼…… 나쁘지 않은 거네."

쇼타는 확인했다.

"나쁘지 않은 거야."

노부요는 길가 잡화점 가판대에 늘어놓은 젓가락을 들어 살펴보았다. 린에게 어린이용 짧은 젓가락을 사주고 싶었다.

"그럼 좀도둑질은?"

쇼타는 거듭 물었다. 그 질문이 하고 싶어서 노부요와 둘이 있는 타이밍을 노린 것이었다.

"아빠는 뭐래?"

어디서 배웠는지, 노부요는 뺀질뺀질한 부모가 그러듯 다른 한쪽에게 화제를 넘겼다.

"가게에 진열된 물건은 아직 누구의 것도 아니라고……."

노부요는 쓸쓸하게 웃었다. 그다운 대답이다. 분명 그도 부모에게 그렇게 듣고 믿었을 것이다.

"가게가 망하지만 않으면 괜찮지 않을까?"

노부요는 그렇게 얼버무리고 가판대에서 노란색 어린이용 젓가락을 집어 가게 안으로 사라졌다.

쇼타는 그 대답에 동의하지 않았지만 노부요가 이 이상

의 질문을 원하지 않는다는 것도 잘 알았다.


두 사람은 상점가 초입에서 파는 라무네를 사서 마시면서 걸었다.

늘 고로케를 사는 후지야 앞에 다다랐을 때, 매번 보던 점원 아주머니가 노부요에게 말을 걸었다.

"어머니, 오늘 저녁에 고로케 어떠세요?"

노부요는 누구한테 하는 말인가 싶어 주위를 둘러보았다. 그리고 이내 자신에게 하는 말이었음을 깨닫고 "어머니?"라는 표정으로 쇼타를 보았다.

"어머니라고 불리면 좋아?"

쇼타의 질문을 "누구한테?" 하고 되돌려줬다. 고깃집 아주머니한테 불린들 딱히 좋을 일은 아니었다.

"린한테?"

"들어봐야 알 것 같은데?"

노부요는 라무네를 마셨다. 병 속 구슬이 움직이며 예쁜 소리를 냈다.

"그런 걸 왜 물어?"

노부요는 쇼타의 머리칼을 벅벅 쓰다듬었다.

수영강습을 마치고 오는 길일까. 골목을 돌아나온 여자아이들이 타월을 모자처럼 뒤집어쓴 채 달려갔다. 아이들이 쇼타 옆을 스쳐갈 때 웃음소리와 함께 살짝 락스 냄새가 풍겼다.

"자꾸 아빠라고 부르라고 하잖아."

쇼타는 불만이라는 듯 말했다.

"못 부르겠구나."

"아직은."

나중에 부르겠다고 약속한 지 반년도 더 지났지만 쇼타는 아직 오사무를 '아빠'라고 부르지 않았다.

"그런 건 중요한 게 아냐."

표정이 어두워지는 쇼타를 보고 노부요는 웃음을 터뜨렸다.

"신경 쓰지 마."

그렇게 말하고 노부요는 큰 소리로 트림한 뒤 박장대소하며 걸어갔다. 린도 쇼타도 노부요를 '엄마'라고 부르지 않는다. 오사무와 달리 노부요는 억지로 시키지 않기에 쇼타도 딱히 신경 쓰지 않았다. 쇼타는 아주 조금 마음이 가벼워졌다.

라무네를 다 마시고 노부요와 쇼타는 병을 벽돌담에 던져 깨뜨렸다. 그리고 병 속에서 나온 구슬을 챙겼다.

집에 돌아가자마자 쇼타는 벽장으로 직행했다. 헬멧 조명에 구슬을 비춰보았다.

구슬 안에는 작은 기포가 여러 개 있었다. 쇼타는 다 같이 놀러 갔던 여름 바다를 떠올렸다.

린이 벽장문을 열고 들어와 쇼타 옆에 앉았다.

"뭐가 보여?"

"바다."

쇼타는 린의 눈앞으로 구슬을 가져갔다.

린은 구슬에 얼굴을 대고 들여다보았다.

"우주."

린이 말했다.

"우주?"

그렇게 되묻고 다시 들여다보니, 확실히 기포가 별처럼 보였다.

그 순간 불단에서 방울소리가 났다. 하쓰에가 그랬던 것처럼 노부요가 은행 봉투를 불단 앞에 놓고 손을 모으고 있었다.

"굉장하다…… 할머니는 죽어서도 도움이 되네."

노부요의 목소리가 들렸다.

"정말 도움이 되는 건 할머니 남편이지."

하쓰에를 묻은 아이방을 눈으로 훑으며 오사무가 말했다.

오사무는 늘 그 방에 하쓰에가 비상금을 숨겨놓지 않았을까 의심했다. 하지만 하쓰에는 경계심이 강한 사람이었다. 만일 집을 자신이 비웠을 때 방을 뒤졌다는 사실을 눈치채기라도 하면 하쓰에는 제대로 토라져서 가족들에게 연금을 내놓지 않을지도 몰랐다. 오사무는 그런 이유로 그 방을 뒤지지 않았다.

이제 하쓰에가 다다미 아래 잠들어 있으니 오사무는 마음 놓고 집을 수색해도 되었다.

장롱 다음 목표는 책상이었다. 책상 앞에 스토브가 부자연스럽게 놓여 있어서 서랍이 조금밖에 열리지 않았다. 오사무가 억지로 절반쯤 열자 검은색 작은 상자가 보였다. 뭔가 '촉'이 온 오사무는 스토브를 치우고 상자를 꺼냈다.

뚜껑을 열어보니 하쓰에의 틀니가 들어 있었다.

"으악!"

오사무는 하마터면 상자를 떨어뜨릴 뻔했다. 그대로 쓰레기통에 버리려다가 생각을 바꾸었다. 쓰지도 않는 틀니를 왜 서랍 안에 숨겨뒀을까.

오사무는 상자를 자세히 들여다보았다. 틀니 아래 신문지가 깔려 있고, 그 밑에 접힌 채 들어 있는 봉투 뭉치가 보였다. 틀니에 손이 닿지 않도록 신경 쓰며 신문지를 꺼냈다.

봉투 안에는 생각했던 대로 돈이 들어 있었다.

만 엔 지폐가 석 장.

오사무는 봉투 다발을 들고 노부요에게 달려갔다.

"있어 있어. 할멈이 역시 숨겨놨어."

두 사람은 접어놓은 봉투를 하나씩 열어 소리 내어 돈을 세기 시작했다.

벽장 안에서 듣고 있던 쇼타가 밖으로 나왔다.

"하나, 둘, 셋…… 넷, 다섯, 여섯, ……일곱, 여덟, 아홉……."

두 사람은 점점 목소리가 높아지고 커지더니 어느 순간부터는 펄쩍펄쩍 뛰기 시작했다.

"전부 3만 엔씩이야. 무슨 돈일까?"

"누구한테 협박이라도 받았나? 뭐…… 어찌 됐든 돈은 돈일 뿐."

두 사람의 모습을 지켜보던 쇼타는 손에 든 헬멧을 벽장 안에 던졌다. 파란색 헬멧이 안쪽 벽에 부딪쳐 큰 소리가 났지만 두 사람은 신경 쓰지 않는 것 같았다.

"잠깐 나와볼래?"

오사무의 말에 쇼타는 어쩔 수 없이 옷을 갈아입었다.

둘이서 외출하는 것은 오랜만이었다. 전에는 어디를 가도 둘이 다녔는데 요즘 쇼타는 혼자 주차장의 부서진 차 안에 있을 때가 많았다. 외출할 때도 거의 린과 함께였다.

"어디 가는데?"

"파친코 가게."

오사무는 즐거운 장난이라도 계획했다는 듯 음흉하게 웃었다.

오사무는 벌써 하쓰에의 비상금을 파친코로 다 털어먹었다. 파친코할 돈은 없을 터였다.

쇼타는 파친코 가게가 싫었다. 쇼타는 귀가 밝아서 아주 작은 소리도 잘 들었지만, 파친코 가게처럼 커다란 소음이 사방팔방에서 들려오면 오히려 무엇을 들어야 할지 알 수 없어 머릿속이 하얘졌다. 언젠가 하쓰에가 데려갔을 때도 귀마개를 받고서야 겨우 안정을 찾았는데, 오늘은 그것도 없었다.

파친코 가게에 도착하자 오사무는 가게 안으로 들어가지 않고 주차장 계단을 올라 이층으로 향했다.

"뭐 하게?"

궁금해하는 쇼타를 위해 오사무는 뒤돌아보며 주머니에서 쇠망치 같은 것을 꺼냈다.

"짠!"

"그게 뭐야?"

"크러셔지."

그 말의 울림이 어쩐지 익숙했다.

"어디서 났어? 샀어?"

"바보! 살 리가 없잖아."

나를 뭘로 보고, 라고 말하듯 오사무는 웃었다.

"잘 보고 있어."

오사무는 주차된 차를 한 대 한 대 살펴보기 시작했다. 차창 너머로 조수석과 뒷좌석에 돈 되는 물건이 없는지 들여다보는 것이었다.

쇼타는 몇 걸음 떨어진 채 그 뒤를 따라 걸었다.

"있잖아."

"응?"

오사무는 돌아보았다.

"이건…… 다른 사람 물건 아냐?"

차에 있는 물건은 어떻게 봐도 가게에 있는 '누구의 것도 아닌' 상품과는 달랐다. 오사무는 쇼타의 질문을 무시한 채 다시 차 안을 들여다보는 중이었다. 그러다가 눈에 띄는 것이 없는지 한숨을 쉬며 쇼타를 돌아보았다.

"그래서?"

오사무는 표정 하나 흔들리지 않고 물었다. '이제 와서 갑자기 정의감이라도 뻗쳤냐?'라고 쇼타를 힐난하는 듯한 얼굴이었다.

쇼타는 처음으로 오사무라는 인간이 조금 무서워졌다.

"너도 해볼래?"

오사무는 곧바로 평소 분위기로 돌아가 쇼타를 향해 크러셔를 휘둘러 보였다.

"……."

쇼타는 어쩐지 슬퍼져서 고개를 숙였다.

오사무는 여전히 웃고 있었다.

쇼타는 휙 발길을 돌려 아까 올라온 계단을 향해 혼자 걸어갔다.

"어이!"

오사무가 쇼타의 등에 대고 소리쳤다.

"왜 그래?"

오사무는 툴툴거렸다.

"그러면 거기서 망이나 좀 봐줘."

오사무는 계단을 가리켰다.

쇼타는 어쩔 수 없이 차 주인이 계단으로 올라오지 않는지 지켜보았다. 콘크리트 바닥이 여름 볕에 달궈진 탓에 발바닥이 뜨거웠다.

파친코 가게 지붕 너머 하얀 급수탑이 보였다. 다리가 길고 머리가 유난히 큰 우주인 같았다. 저 탑에 올라 평평한 머리 위에 누우면 기분 좋을 거라고 쇼타는 생각했다.

그때 유리 깨지는 큰 소리가 났다.

쇼타는 소리 나는 쪽을 보았다. 오사무가 빨간 차 뒷좌석에서 알파벳이 커다랗게 찍힌 핸드백을 꺼내고 있었다.

오사무는 그 가방을 품고 평소에는 본 적 없는 빠른 속도로 쇼타를 향해 달려왔다.

쇼타는 깜짝 놀라 그 자리에 그대로 서 있었다.

오사무는 괴상한 소리를 지르며 쇼타 앞을 지나 계단을 성큼성큼 뛰어 내려갔다. 정신을 차린 쇼타도 뒤따라 계단을 내려갔다.

일층 주차장을 뛰어가는데 뒤에서 문 열리는 소리가 나고 파친코 가게 안의 소음이 울려 퍼졌다. 쇼타는 돌아보지 않았다.


"역시 이거 엄청나다……."

오사무는 달리면서 쇼타에게 크러셔를 들어 보였다.

"……그때 있잖아."

오사무의 말에는 반응하지 않은 채 쇼타가 뭔가 물었다.

"……어?"

"나 구해줬을 때……."

"아, 으응……."

"그때도…… 뭔가 훔치려고 했어?"

오사무는 쇼타에게 힘없이 웃어 보였다.

"바보, 아냐…… 그때는 너를 구하려고 했어."

예의 '일'이 성공했을 때처럼 오사무는 주먹을 내밀었다. 쇼타는 그 주먹을 받아주지 않았다.

"뭐야?" 오사무는 쇼타의 어깨 언저리를 툭 치고 냅다 달렸다. 쇼타는 멈춰 서서 오사무의 뒷모습을 눈으로 쫓았다.

쇼타가 파친코 가게를 싫어하는 이유는 소리 말고도 또한 가지가 있었다.

어느 무더운 여름날, 차 안에 혼자서 안전벨트를 한 채 앉아 있었다. 뒷좌석이었다. 자리에는 페트병이 하나 굴러다녔다. 한 모금 마시다가 뜨뜻미지근해서 관두었다.

멀리서 때때로 파친코 소리가 울렸다 사라졌다.

그때, 유리 깨지는 소리가 나더니 누가 유리 구멍으로 차 안을 보았다. 오사무였다.

오사무는 안전벨트를 풀고 쇼타를 안아들었다.

오사무가 쇼타에게 몇 번이고 들려준 두 사람의 첫 만남 스토리이다. 그리고 그것은 이미 쇼타의 기억이 되었다. '쇼타'라는 이름도 그때 오사무가 붙여준 것이다. 오사무가 목숨을 구해주었다. 쇼타는 늘 그 일을 감사하고 있었다.

그래서 오사무가 린을 구했을 때도, 나도 이렇게 구했구나 생각하며 칠칠치 못한 '아버지'이지만 싫어하지 않았다. 그런데 지금 이렇게 자신을 팽개치고 도망치는 오사무를 보니, 첫 만남의 기억이 조금씩 변질되는 것을 느꼈다. 오사무는 쇼타를 구하려고 유리를 깬 것이 아니라 뭔가 훔치려던 게 아닐까. 쇼타는 그저 우연히 거기 있었던 게 아닐까.

단지 그랬던 게 아닐까. 쫓아가기를 포기하고 길 한가운데로 걷던 쇼타는 자신의 손바닥을 가만히 노려보았다.

쇼타는 이날 이후, 두 번 다시 오사무와 '일'을 나가지 않았다.

✳

쇼타가 평소처럼 주차장의 차 안에서 주워 온 나사를 갈고 있을 때 "목 말라" 하고 린이 말을 꺼냈다.

돈은 없었다. 깊이 생각할 것도 없이 두 사람은 '야마토야'로 향했다.

시끄러운 매미 울음소리 속을 땀범벅이 되도록 걸어 도착해보니 가게는 문이 닫혀 있었다.

유리문에 '상중喪中'이라고 한자가 적힌 종이가 붙어 있다.

"······중······."

어려워서 읽지 못했지만 쇼타는 뭔가 좋지 않은 일이 일어났다는 건 알았다. 둘은 창밖으로 안을 들여다보았다. 늘 바깥에 두던 야구게임기가 어둠 속에 조용히 놓여 있었다.

"쉬는 날이야?"

린이 물었다.

"음…… 망한 걸까……."

쇼타는 자신이 여기에서 '일'을 계속해서 그런지도 모른 다고 생각했다. 가게 앞을 떠나 린과 강변길을 걷다가, 쇼타 는 문득 큰비가 온 어느 여름날에 본 매미 유충을 떠올렸다. 그 유충은 무사히 매미가 되었을까. 갑자기 내리는 비에 날 개가 젖어 날아가지 못했을까. 결국 유충인 채로 개미에게 둘러싸여 죽어버린 건 아닐까.


둘은 '사카이야'라는 근처 슈퍼마켓을 찾았다.

"오늘은 오빠 혼자 할 테니까…… 너는 여기서 기다려."

"……."

쇼타는 혼자 가게로 들어갔다.

가게에는 평소보다 직원이 많은 것 같았다. 그래도 여기 는 방범카메라가 없고 진열장이 높아서 사각이 많다.

'일'을 하기 적합하지만, '야마토야' 생각이 머릿속에서 떠나지 않아서 쇼타는 가게 안을 맴돌았다.

언뜻 보니 과자 코너에 린이 있었다.

약속을 깨고 가게 안으로 들어온 것이다. 과자 진열대 앞에 서서 쇼타처럼 손가락을 돌리는 의식을 치르고 있었다.

"야!"

쇼타가 깜짝 놀라 린을 불렀다.

린은 잠시 돌아보더니 초콜릿을 집어 주머니에 억지로 쑤셔넣으려 했다. 상품 관리 파일을 든 직원이 쇼타와 린 사이에 섰다. 쇼타는 순간 린을 두고 도망쳐버릴까 생각했지만 마음을 고쳐먹었다. 쇼타는 통조림 더미를 두 손으로 와르르 무너뜨린 뒤, 귤 주머니 하나를 집어 들고 출입구를 향해 달리기 시작했다.

"야!"

점원 두 사람이 황급히 뒤쫓아나왔다.


쇼타는 귤을 안고 도망쳤다.

점원은 끈질기게 쫓아왔다.

아파트 같은 빌딩숲 사이를 지나 쇼타는 강변 제방을 달렸다. 나중에 생각하니 딱히 귤이 먹고 싶진 않았으므로 버리고 달렸으면 더 빨랐겠다 싶었지만, 그때는 생각하지 못했다.

다리를 건너 강 반대편으로 가서 완만하게 오른쪽으로 굽어지는 고가도로에 접어들었다. 앞질러온 점원이 정면에서 다가오고 있었다. 쇼타는 도망갈 길을 잃었다.

전철이 강을 가로질러 달려갔다. 쇼타는 가드레일 아래
를 내려다보았다. 공원 정글짐 정도의 높이 같았다. 이 정도
면 괜찮다. 뛰어내려본 적 있었다.

쇼타는 귤을 든 채 뛰어내렸다. 점원이 '앗!' 하고 소리를
질렀다. 설마 뛰어내릴 줄은 몰랐던 모양이었다. 착지에 실
패한 쇼타는 지면을 굴렀다. 아프다기보다는 생각보다 높아
서 놀랐다.

일어나려 했지만 오른쪽 다리가 움직이지 않았다. 가드레
일에 부딪쳐 주머니가 터진 탓에 도로에 귤이 굴러다녔다.
의식이 멀어졌다. 쇼타는 귤의 노란색이 참 예쁘다고 생각
했다.

쇼타는 구급차에 실려 병원으로 옮겨졌다.

경찰이 곧장 사정청취를 위해 쇼타의 병실로 찾아왔다.
노부요 또래의 여성과 아직 이십대로 보이는 남성, 이렇게
두 사람이 한 팀인 듯했다.

질문은 주로 마에조노라는 남자가 했다.

"어디서 살았니?"

"차 안."

"차 안?"

"응. 강변 주차장에."

"혼자서?"

"응."

"이 집에서 가족들과 함께 산 게 아니고?"

남자는 사진 한 장을 쇼타에게 보였다. 익숙한 집의 사진이었다.

쇼타는 고개를 가로저었다.

쇼타는 어떻게 해서든 가족을 보호하려 했다. 남자 경찰 쪽이 그걸 눈치챈 모양이었다.

"혹시 누구를 감싸주려는 거야?"

쇼타는 시선을 들지 않고 다친 다리만 가만히 바라보았다. 오른쪽 다리는 깁스로 고정되어 있었다.

골절과 심한 염좌로, 완치되려면 반년 정도 걸릴 거라고 했다.

미야베라는 이름의 여자 경찰이 입을 뗐다.

"그 사람들 있잖니, 우리가 집에 도착했을 때 짐 싸서 도망가는 참이었어. 너를 두고."

쇼타는 얼굴을 들어 여자를 보았다. 어른을 믿지 않는 눈이라고 미야베는 생각했다.

"진짜 가족이라면 그러지 않을 거야."

쇼타는 시선을 다시 다리로 옮겼다.

지금 가족들은 어떡하고 있을까?

린은 붙잡혔을까? 궁금했지만 묻지 않았다.

미야베라는 여성은 쇼타에게 진실을 말해줄 것 같지 않았다.


린은 회의실 의자에 앉아, 건네받은 종이에 파란색 크레용으로 바다를 그렸다.

파도가 밀려오는 해변에서 갈색 머리의 린과 쇼타, 노부요, 아키 그리고 수염을 기른 오사무가 웃으며 손을 잡고 있었다.

미야베와 마에조노는 오렌지주스를 들고 들어와 린의 맞은편에 앉았다. 그림을 들여다보며 미야베가 먼저 말을 건넸다.

"우아, 색이 참 예쁘네."

미야베의 얼굴을 보고 린은 몸이 굳었다.

"날씨가 좋았구나."

린의 그림에는 새빨간 태양이 그려져 있었다.

"주리."

미야베는 린을 진짜 이름으로 불렀다.

"바다에는 몇 명이서 갔어?"

"다섯 명."

쇼타가 다쳐 구급차에 실려가는 것을 보고 린은 집까지 필사적으로 달려가 오사무에게 소식을 전했다. 헐레벌떡 병원에 도착한 오사무는 엉겁결에 쇼타 옆에 있던 경찰관에게 이름과 주소를 말하고 말았다.

잠시 후 병원으로 뛰어온 노부요를 데리고 일단 집으로 돌아갔고, 짐을 싸서 뒷문으로 나가다가 붙잡혔다.

"알았지? 할머니에 대해 물으면 모른다고 하기야."

짐을 싸면서 오사무는 린에게 당부했다. 린은 그 말을 기억하고 있었다.

"다 같이 뭐 하고 놀았어?"

마에조노가 물었다.

"점프."

린이 대답했다.

"점프했구나?"

재미있었겠네, 라고 반응하듯 남자는 웃었다.

"그때 할머니는 안 계셨어?"

여자가 물었다. 어린이집 선생님 같은 자상한 말투지만 눈은 웃고 있지 않았다.

마음을 열지 않을 거야, 라고 말하듯 린은 입을 한일자로 다문 채 더는 여자의 얼굴을 보지 않았다.


가족은 각기 다른 방에서 조사받았다.

체포 당시 오사무는 푸른색 싸구려 알로하셔츠 차림이었다. 그야말로 휴가 분위기가 물씬 나는 옷차림이라 심각한 이곳과는 아무래도 어울리지 않았다.

"아니, 유괴가 아니에요. 배를 곯고 있는 걸 보고 노부요가…… 데려와서…… 근데 억지로 그런 게 아니라……."

"그게 언제죠?"

마에조노는 쇼타하고 있을 때와는 전혀 다른 사람처럼 엄정한 어조로 물었다.

"올해 2월……."

"그런 걸 유괴라고 하죠."

"아니…… 나도 그렇게 말했는데…… 그 사람이…… 몸값을 요구한 것도 아니니 경우가 다르다고, 이건 보호하는 거라고."

오사무는 노부요에게 들은 그대로 말했다.

짐 쌀 때 둘이서 주고받은 약속이었다.

이번에는 전부 노부요가 한 것으로 하자.

언젠가 때가 오면 그렇게 하자. 노부요는 각오하고 있었던 것이다.

모든 죄는 자신이 감당한다, 라고.


"네? 사람을 죽였다고요?"

회의실 의자에 앉은 아키는 말문이 막혔다.

"그것도 모르고 같이 살았어요?"

특히 놀랐다는 듯 미야베가 되물었다.

아키는 천천히 고개를 끄덕였다.

"남자의 본명은 에노키 쇼타. 여자는 다나베 유우코."

'쇼타'라는 이름을 듣자 마에조노가 제 수첩으로 시선을 떨어뜨리고 '쇼타#田'라는 소년의 이름 옆에 '쇼타勝田'라고 남자의 이름을 적었다.

"누구를…… 죽였나요?"

"전남편. 식칼로 찔러 죽이고 묻었어요. 뭐, 치정 문제 아니겠어요?"

"……"

"그 두 사람은 그런 인연이에요."

"……"

아키는 두 사람이 헤아릴 수 없는 과거를 공유하고 있다는 사실은 막연하게 짐작하고 있었다. 남녀 사이를 초월한 '무언가'이겠지 싶었는데, 그런 일이 있었을 줄이야.

하쓰에가 죽고 아키가 곁에서 망연자실해 있었을 때도

노부요가 곧장 하쓰에 대신 리더가 되었다. 그리고 시신을 묻기로 결정했다. 가족을 지키기 위해 어쩔 수 없이 한 결정이었다. 아키는 그때 노부요의 결단을 믿음직하다고까지 생각했다. 그런데 두 사람이 이전에도 사람을 묻은 적이 있을 줄이야.

아키는 자신의 무신경함에 경악했다.


"그건 정당방위였어요. 죽이지 않으면 우리가 죽었을 거예요."

노부요는 눈앞에 앉아 있는 미야베를 향해 던지듯 말했다.

"네, 판결이 그렇게 나긴 했죠……."

미야베는 그 사실을 알면서도 아키에게는 일부러 이야기해주지 않았다. 판결에서는 술을 마시고 폭력을 휘두르는 남편에게서 노부요를 지키려고 오사무가 식칼을 집어 들었고, 전남편이 거기에 찔리고 말았다는 상황이 참작되어 집행유예를 받았다.

"그거랑 이번 일이 무슨 관계가 있나요?"

"왜 도망치려고 했나요?"

반론이 돌아오자 미야베도 정색하고 맞섰다.

"도망치지 않았습니다. 그저 병원에 가는 길이었어요."

자신들의 죄를 인정하지 않는 노부요를 미야베는 한 사람의 엄마로서 절대 용서하지 않겠다고 맹세했다.

✴

주리의 부모는 집 앞 계단을 나란히 내려와 우편함 앞에서 텔레비전 리포터와 신문기자들에게 둘러싸였다.

"주리 양의 상태는 어떤가요?"

상당히 걱정된다는 듯 여자 기자가 아버지인 다모쓰에게 질문했다.

"네…… 안정을 찾았는지 어제는 곤히 잤습니다."

다모쓰는 무뚝뚝하게 말했다. 검은색 슈트에 넥타이를 매고 있었다.

오늘을 위해 머리를 다듬은 것 같았지만, 가늘게 깎은 눈썹만 봐도 평소의 그는 지금의 모습과 다를 거란 사실을 어렵지 않게 떠올릴 수 있었다.

"노조미 씨, 주리 양은 어제 무얼 먹었나요?"

텔레비전 리포터로 보이는 여성이 물었다.

"……제일 좋아하는 오므라이스를……."

주리의 엄마인 노조미가 손수건을 코밑으로 가져갈 때마다 눈물을 기대한 듯 카메라 플래시가 쏟아졌다.

"어머니가 직접 만드셨나요?"

"네…… 제가 만들었습니다."

"아버지도 뭔가 한말씀…… 범인에게 하고 싶은 말씀 있습니까?"

"용서하지 않겠습니다. 아무런 죄가 없는 아이에게 이런 일을 겪게 하다니……."

"왜 실종되고 두 달이 지나도록 신고하지 않으셨나요?"

같은 리포터가 쉴 새 없이 물었다. 그녀의 방송에서는 스튜디오 패널이 부모가 의심스럽다고 거듭 발언했다. 그 사실을 아는지 다모쓰의 눈빛이 날카로워졌다.

"그건…… 범인에게서 연락이 올 거라 생각해서…… 몸 값이라든지요. 말이 없는 전화도 꽤 걸려왔고요."

주리로 돌아간 린은 현관문에 귀를 대고 부모의 기자회견을 듣고 있었다.

반년 만에 돌아온 집은 예전 그대로였지만 주리는 친구 집에 놀러 온 듯한 기분이었다. 그럴 때면 '그 집'에서 머리 맡에 두고 자던, 보물이 든 병을 소중히 품에 안았다. 그 집에서 새로 사준 것은 옷이며 신발이며 제일 좋아하는 노란색 수영복까지 죄다 노조미가 버렸지만, 이 병만은 무슨 수를 써도 주리가 손에서 놓지 않아서 노조미도 어쩔 수 없이 포기했다.

유리병의 노란 뚜껑을 열면 바다 냄새가 났다.

＊

주리가 부모 곁으로 돌아가고 아동보호를 둘러싼 이야기
들이 일단락되었다.

세상 사람들과 경찰의 흥미와 관심은 이 집 주인인 하쓰
에의 행방으로 옮아갔다.

"왜냐하면…… 할머니가 나랑 같이 살자고…… 그랬거든
요."

미야베가 그 집에서 살게 된 이유를 묻자 아키가 대답했다.

"하지만 그건 순수한 호의가 아니었죠?"

"네?"

"자신의 남편을 빼앗은 가족에게 돈을 받고 있었고요."

미야베의 이 한마디를 이해하기까지 아키는 잠시 시간이
필요했다.

"할머니가 돈을 받았다고요? 우리 부모님한테?"

불안한 듯 가슴 언저리를 만지는 아키의 손등은 벽이라
도 쳤는지 피딱지가 앉은 상처투성이였다.

"받은 것 같더군요. 종종 찾아가서."

하쓰에는 왜 아키에게 같이 살자고 한 걸까? 미야베는 이

해할 수 없었다. 생각해보면 증오이거나 금전탈취 목적뿐이
다. 범죄의 동기 따위, 결국 그 정도일 것이었다.

　인간에 대한 미야베의 평가는 냉정했다.

　"우리 부모님은 내가 할머니랑 사는 걸…… 알았어요?"

　"몰랐다고는 하는데……."

　틀림없이 알지 않았을까. 그러니 손을 벌릴 때마다 돈을
쥐여준 것이 아닐까. 아니, 아키는 그런 건 아무래도 상관없
다고 생각했다. 다만 하쓰에가 그 일을 숨긴 사실만은 충격
이었다.

　"할머니는 돈이 필요했던 걸까…… 내가 아니라."

　노부요와 오사무의 '인연'도, 아키와 할머니의 '인연'도,
믿었던 것과는 다를지도 모른다. 결국 그 집에 있었던 것은
아키가 그렇게나 혐오하던 어른들의 타산 그 자체였는지도
모른다.

　꿈에서 깬 듯 아키가 얼굴을 들자 미야베가 가슴 앞에 팔
짱을 낀 채 똑바로 보고 있었다.

　"할머니는 지금 어디 계실까……."

　시바타네 가족 여섯 명이 살던 집이 파란 비닐시트로 둘

러싸였다. 경찰 현장검증이 시행된 것이다. 노란색 폴리스 라인 바깥에 구경꾼이 모여들었고 주위 맨션 베란다에서는 사람들이 물밑을 내려다보듯 집을 들여다보았다. 세상의 시선이 일제히 집중됐다. 중계방송중인 텔레비전 카메라 앞에는 기자가 서서 사건을 보도하고 있었다.

"하쓰에 씨의 시신은 사후 몇 주는 경과한 것으로 보입니다. 경찰은 타살 가능성도 배제하지 않고 계속 수사중입니다. 가족인 척했던 사람들이 대체 무슨 목적으로 이 집에 모여 산 것인지는 아직 밝혀지지 않았습니다."

하쓰에의 시신이 방 밑에서 나오면서 노부요를 향한 세간의 시선은 더욱 매서워졌다. 살해의 증거는 부검에서도 발견되지 않았다. 하지만 하쓰에의 죽음을 숨긴 채 은행 계좌에서 연금을 찾는 모습이 방범카메라에 남아 발뺌할 수 없는 증거가 되었다.

노부요는 유괴도 시신유기도 연금사기도 남의 탓으로 돌리거나 은폐할 생각이 애초부터 없었다. 그래서 묻는 대로 다 대답했다. 하지만 미야베에게는 그 태도가 뻔뻔함으로밖에 보이지 않았다.

"당신 혼자 했다는 말인가요?"

"네."

"땅을 판 것도, 묻은 것도?"

"맞아요…… 전부 혼자 했습니다."

"시신유기는 죄가 무거워요. 알고 있죠?"

"버린 게 아니에요."

노부요가 작은 목소리로 말했다.

미야베는 지금의 대답을 포함한 노부요의 반항을 그냥 두고 볼 수 없었다.

"버렸잖아요."

미야베는 노부요처럼 죄의식이 낮은 범죄자가 특히 더 싫었다.

노부요도 싫었다. 정의를 내세우며 단죄하고, 사람의 도리를 있는 대로 설파하는 미야베 같은 인간은.

"주운 거예요……."

노부요가 한 말의 의미를 미야베는 알지 못했다.

"누군가 버린 걸 주운 거예요. 버린 사람은 따로 있지 않나요?"

우리가 대체 누구를 버렸다는 말인가. 아들 부부에게 버림받은 하쓰에와 함께 살고, 살 곳을 잃은 아키에게 있을 곳을 제공하고, 방치되어 죽었을지도 모르는 쇼타와 린을 보호했다. 만일 그것이 죄라면, 그들을 버린 사람들에게는 더 무거운 죄를 물어야 하는 게 아닌가.

노부요는 미야베를 똑바로 바라보았다.

'당신 같은 사람은 죽을 때까지 모르겠지만.'

노부요는 마음속으로 그렇게 되뇌었다.


조사실에 앉은 오사무는 잠을 못 잤는지 수염이 덥수룩하고 머리에 까치집이 앉았다.

"목적?"

오사무가 촉촉한 눈동자로 미야베의 질문을 반복했다.

"네, 목적요. 당신들이 그 집에 모여 있던 이유. 뭔가 범죄를 계획했다든지……?"

미야베가 질문했다. 오사무는 문득 그 집을 부수고 맨션을 짓고 싶다며 노부요와 얘기했던 때를 떠올렸다. 임대수익으로 살아가는 일을 범죄라고 부를 순 없지 않은가. 오사무는 생각했다.

"아!"

오사무는 얼굴을 들었다. 오사무는 하쓰에가 우리와 같이 산 목적은 명백하다고 생각했다.

"……할머니가 보험에 들었다고……."

"보험? 보험이라니, 무슨 말인가요?"

마에조노가 물었다.

"무슨 보험이라고 했더라……."

오사무는 자신이 반쯤 농담으로 붙인 '임종 알리미 보험'을 말해버릴까 싶었지만, 눈앞의 여자가 또 화낼까봐 참기로 했다.

"아니, 역시 됐습니다."

오사무는 무슨 말에도 요령부득으로 딴청을 피웠다. 마에지마 쪽도 곤란했다.

"아이에게 도둑질을 시키고 양심에 가책은 없었나요?"

마에조노는 나쁜 짓을 한 학생을 타이르는 교사처럼 말했다.

"나는…… 그것 말고는 가르칠 수 있는 게 없었습니다."

윤리의식이 완전히 결여된 반응을 듣고 자신도 아이를 키우는 마에조노는 분노를 참지 못했다.

"그렇다고……."

뭐가 옳고 뭐가 틀린지 가르쳐주는 것이 아버지의 역할이 아닌가.

그런데 이 남자는 유괴를 하고 범죄를 가르치면서 스스로 아버지인 체했다. 마에조노는 이런 남자에게 걸린 쇼타라는 소년이 안쓰럽기 짝이 없었다.

"어째서 남자아이에게 쇼타라는 이름을 붙였나요?"

마에조노는 내내 궁금하던 것을 물었다.

"당신 본명이죠? 쇼타……."

오사무는 이제 막 깨달았다는 듯 깜짝 놀란 얼굴로 마에조노를 보았다.

"그건⋯⋯."

그렇게만 말하고 오사무는 입을 닫았다. 마에조노는 참을성 있게 계속 기다렸다. 오사무도 뭔가 말을 하고 싶은 듯 보였지만 마지막까지 괜찮은 말을 찾지 못한 모양이었다.

저녁이면 반팔 차림이 살짝 춥게 느껴지는 계절이 왔다. 병원 삼층의 작은 베란다에서는 파자마 바람의 환자들이 간호사가 미는 휠체어에 앉아 햇볕을 쬐고 있었다. 거기까지 날아든 잠자리가 병실에서도 보였다.

쇼타는 유리 너머 풍경을 바라보면서 마에조노와 마주 앉아 있었다. 마에조노의 방문은 벌써 다섯 번째였다.

조사하고 조사받느라 서로 긴장한 것은 두 번째까지였다. 쇼타가 소위 비행청소년과 달리 정의감도 있고 가족을 감싸려 하는 데다 지금도 주리를 걱정하고 있음을 알게 되자 마에조노는 태도를 바꾸었다.

어떻게 해서든 이 소년을 제대로 된 생활로 돌려보내주고 싶다.

마에조노는 그렇게 생각했다.

오늘도 마에조노는 쇼타가 낚시를 좋아한다는 말을 듣고

서점에서 낚시 입문서를 사왔다.

쇼타는 마에조노의 경찰수첩을 만지작거리며 수첩에 붙은 사진과 실물을 비교해보고 있었다.

마에조노는 일부러 무섭게 인상을 써서 증명사진과 같은 표정을 지어 보였다.

"아파트야?"

경찰이라고 해도, 몇 번이고 찾아와 자신에게 친절하게 대해주는 형 같은 마에조노에게 쇼타도 마음을 열기 시작했다.

"이층짜리 단독주택이래."

"우아…… 단독이야?"

쇼타는 가족이 함께 살던 아라카와의 집을 떠올렸다.

"거기에 아이들 여섯 명이 같이 산대. 재미있겠지?"

마에조노는 쇼타가 앞으로 생활하게 될 시설에 대해 설명해주었다. 업무 영역 밖의 일이지만, 마에조노는 팸플릿을 구해 휴일 동안 사전조사까지 다녀왔다.

"아이들끼리만?"

"응. 밥은 매일 어른이 만들어준대. 용돈도 나오니까 좋아하는 책도 살 수 있어."

"우아……."

쇼타는 재미있겠다고 생각했다.

"넌 거기서 학교도 다닐 거야."

"학교는 집에서 공부할 수 없는 애들이 다니는 거 아냐?"

쇼타는 오사무에게 배운 대로 되물었다.

마에조노는 오사무를 향한 분노를 누르며 말했다.

"집에서 못 하는 공부도 있거든."

"어떤?"

쇼타는 만지작거리던 경찰수첩을 돌려준 뒤 마에조노가 자동판매기에서 뽑아온 오렌지주스를 한 모금 마셨다.

"만남이랄까? 친구들하고 만날 수도 있고……."

"린은 어떻게 되었어요?"

쇼타는 가장 신경 쓰이던 것을 물었다.

"가족한테 돌아갔어."

마에조노는 쇼타가 가능한 한 상처받지 않도록 단어를 골라 답했다.

"진짜 가족?"

마에조노는 고개를 끄덕였다.

쇼타는 자신들이 가짜 가족이었음을 알았던 모양이다. 새삼 그 사실을 확인하자 마에조노는 마음이 저렸다.

"쇼타도…… 혹시……."

마에조노는 진짜 가족을 만나고 싶다면 도와주겠다고 하려 했지만 말을 마치기도 전에 쇼타가 고개를 가로저었다.

"아무 기억도 없어."

마에조노는 더 말하지 않았다. 제아무리 무시무시한 사람들의 집단이지만, 가짜이지만, 쇼타에게 가족이라 부를 수 있는 사람들은 그곳에밖에 없었다.

그리고 그 '가족'을 영영 잃어버리고 말았다.

✳

주리는 이전과 같은 생활로 돌아갔다.

세간의 주목을 받던 당시에는 잠잠해졌던 다모쓰의 폭력도 이내 다시 시작되었고 매일같이 부부싸움이 반복되고 있었다.

주리는 거실 안쪽에 앉아 베란다로 쏟아져 들어오는 빛에 쇼타에게 받은 구슬을 비춰보았다. 구슬 안에 작은 기포가 보였다. '바다다'라고 주리는 생각했다. 주리는 구슬을 들고 화장대 앞에 앉아 있는 노조미에게 다가갔다.

"엄마 있지, 여기 안에……."

"저쪽에 좀 가 있을래? 지금 엄마 바쁘거든."

노조미는 주리를 보지도 않고 거절했다. 노조미는 남편에게 맞아서 생긴 뺨의 멍을 화장으로 숨기고 있었다. 주리는 거울 속 엄마 얼굴을 바라보았다. 불쌍했다. 주리는 노부요에게 해준 것처럼 멍을 쓰다듬어주었다.

"아얏! 만지지 말라고 그랬지!"

노조미는 거울 속 주리를 향해 말하며 "저쪽에 가 있으라고" 하고 매섭게 노려보았다. 주리는 노조미에게서 떨어져 방구석으로 돌아갔다.

"잘못했습니다 해야지?"

평소 같으면 시끄러울 만큼 "잘못했습니다"라고 반복했을 주리가 오늘은 아무 말이 없었다.

노조미는 뒤를 돌아보며 한껏 부드러운 목소리로 또 한 번 말했다.

"주리, 새 옷 사줄 테니 이리 올래?"

주리는 처음으로 분명하게 고개를 가로저어 거절했다.

"린이 집에 가고 싶다고 했다고요?"

노부요는 당혹을 감추지 못했다. 물론 린이 진짜 엄마에게 돌아가리라는 것 정도는 예상했지만 막상 현실이 되자 딸을 빼앗긴 기분에 휩싸였다.

"네, 주리가요."

미야베는 잊지 않고 이름을 정정했다.

린이라는 여자애는 현실에 존재하지 않는다는 사실을 이 여자가 인정하게 해야 한다.

미야베는 그렇게 생각했다.

"그 아이가 그런 말을 했을 리 없어요."

노부요는 아직 현실을 받아들이지 못하는 듯했다.

"아이에게는 엄마가 필요한 법이에요."

"엄마들이 그렇게 생각하고 싶은 것뿐이잖아요."

"네?"

무슨 말이 하고 싶나요, 라고 묻듯 미야베는 노부요의 얼굴을 빤히 보았다.

"낳으면 다 엄마가 되나요?"

"낳지 않으면 엄마가 될 수 없죠."

"……."

"당신이 아이를 못 낳아 힘들었던 건 이해해요."

"……."

"부러웠나요? 그래서 유괴했나요?"

아니다. 그런 게 아니다.

노부요는 생각했다.

"증오했는지도 몰라요…… 엄마를."

노부요는 자기 엄마 이야기를 꺼냈다.

낳았다는 사실만으로 엄마인 체하며 딸의 인생을 지배하

더니 결국 딸을 버린…….

미야베는 자기 안의 '엄마'가 이 여자를 용서하면 안 된다고 말하는 것을 느꼈다.

"두 아이는 당신을 뭐라고 불렀나요?"

미야베는 알아듣기 쉬운 말에 가시를 세워 물었다.

노부요는 말이 없었다.

"엄마? 어머니?"

그런 식으로 부를 리 없다. 이 여자가 그렇게 불릴 자격이 있을 리 없다. 그렇게 생각하며 미야베는 질문을 거듭했다.

노부요는 얼굴을 찌푸렸다. 그런 건 아무래도 좋았다. 쇼타에게도 말했다. 하지만 막상 질문을 받으니 그때와는 다른 감각이 마음 깊은 곳에서 고개를 들었다.

그때 나는 분명 엄마였다. 욕실에서 내 화상 흉터를 쓰다듬어주던 손길, 옷을 태우면서 한 포옹, 흐르는 눈물을 바라보던 그 아이의 눈, 바닷가에서 잡은 작은 손.

낳지는 않았다. 하지만 엄마였다.

그리고 이제 다시는 그 아이에게 '엄마'라고도 '어머니'라고도 불리지 못하리라.

모든 것을 이해한 순간, 눈물이 흘러내렸다.

그 눈물은 좀체 그치지 않았다.

노부요는 머리칼을 쓸어 넘기고 위를 쳐다보았다.

입술이 떨렸다.

노부요는 생각했다. 단 한 번이라도 "엄마"라고 불러줬으면 좋겠다고.

✳

정신을 차려보니 아키는 그 집 문 앞에 서 있었다. 하쓰에가 다다미 아래 묻혀 있는 것, 노부요가 주도했다는 것, 미야베가 묻자마자 죄다 털어놓았다.

아키는 드디어 찾아낸, '있을 곳'이라고 생각한 가족이 결국 돈과 범죄로 연결될 뿐이었다는 사실을 깨닫고 오히려 망쳐버리고 싶었다.

"네 덕분에 잘 해결했어."

미야베에게 감사 인사를 받고 경찰서를 나온 순간에는 돌아갈 곳이 없어 어쩐지 후련하다고 생각했다. 하지만 결국 다시 여기 오고 말았다.

텔레비전 뉴스 속 떠들썩함은 온데간데없고 집은 그저 황량하게 그곳에 있었다. 빨래 없는 빨래건조대가 바람에 흔들렸다. 그 뒤로 불꽃놀이가 보이지 않는 하늘이 조그맣게 펼쳐져 있었다.

고요했다. 아키는 툇마루 유리문에 두 손을 가져가 한 번에 열어젖혔다. 한여름에 문을 꽁꽁 닫아둔 집 안에서 곰팡내가 떠다녔다.

아키는 그 냄새를 가슴 깊이 들이마셔보았다. 할머니의 이불 냄새는 벌써 날아가고 없었다.

현장검증이 끝난 그대로였다. 방 여기저기에 빈 장롱 서랍이 쌓여 있었다.

모든 것이 끝났다.

이 집에서의 생활과 기억을 믿지 못하고 배신한 것은 바로 나다. 이런 오합지졸 가족은 언젠간 끝날 운명이었다. 하지만 그것을 끝낸 것은 바로 자신이라는 사실을 아키는 자각했다.

그 아픔을 제 마음에 새기고자 여기에 왔음을 아키는 깨달았다.


'어디로 갈까.'
아키는 마음속으로 중얼거렸다.
"어디로 갈까."
이번에는 입 밖으로 되뇌었다.
멀리서 개가 짖었다.

6장

눈
사
람

기사라즈의 인적 없는 해변에서 쇼타와 오사무가 나란히 낚싯줄을 드리우고 있었다. 반년 만의 만남이었다.

　"루어의 종류에는 소프트랑 하트가 있고, 수심에 따라 플로팅, 서스펜드, 싱킹이 있는데……."

　쇼타는 오사무의 엉킨 낚싯줄을 풀어주면서 설명을 계속했다.

　"그런 걸 어디서 배웠어?"

　쇼타의 설명을 감탄하며 들은 후 오사무가 물었다.

　"책에서 봤어."

　쇼타는 그렇게 말하고 살짝 부끄러운 듯 시선을 떨어뜨리며 미소 지었다.

　"응, 책이구나."

오사무도 똑같이 웃고 둘은 다시 바다에 낚싯줄을 드리
웠다.

세 시간쯤 지났을까. 몸은 완전히 얼어버렸지만 작은 전
갱이가 물렸다. 둘은 양동이 안을 들여다보았다.

"하나, 둘, 셋…… 넷, 다섯, 여섯."

한목소리로 헤아린 뒤 예전처럼 가볍게 주먹을 마주쳤다.

"예에."

"예에."

두 사람은 다시 파란 양동이를 보았다.

"어쩌지?"

오사무가 물었다.

"못 키우겠지?"

쇼타는 알면서 물었다.

"음…… 아마……."

쇼타는 물고기 등을 검지로 만져보았다.

"놓아줄까?"

"그럴까?"

두 사람은 벌떡 일어나 양동이 안에 있는 물고기를 바다
로 돌려보냈다.

작고 검은 그림자는 순식간에 흐린 물속으로 사라져 보
이지 않았다.

＊

　낚시를 마치고 두 사람은 노부요가 수감된 구치소에 면회를 갔다. 낚싯대를 로커에 보관한 뒤 바로 연결되는 방에 들어가 접이식 파이프 의자에 앉았다. 오래지 않아 노부요가 얼굴을 보였다.

　"오늘밤에 눈 온대."

　노부요는 그렇게 말하고 오사무와 쇼타의 정확하게 가운데에 앉았다. 목소리가 들리도록 뚫어놓은 둥근 구멍이 노부요의 얼굴에 교묘하게 겹쳐 표정이 제대로 보이지 않았다.

　그래서 쇼타는 오히려 안심했다.

　"오 년 정도래……."

　노부요는 밝은 목소리로 말했다.

　"미안해…… 내 몫까지."

　약속이라고는 해도, 죄다 노부요 책임으로 돌린 것이 아무래도 오사무는 미안했다.

　"당신은 들어온 적 있어서 오 년으로 어림없어."

　"그래도……."

　"즐거웠어. 이런 건 인생의 덤이지."

　그 말에 거짓은 없는 것 같았다.

　"미안…… 내가 붙잡혀서……."

쇼타는 그렇게 말하고 시선을 떨어뜨렸다.

"쇼타 잘못이 아니야."

노부요는 상체를 숙여 얼굴을 가까이 했다.

"맞아, 늘 잘할 수는 없는 거야."

오사무는 쇼타의 어깨를 두드리며 격려했다. 쇼타가 린을 감싸기 위해 그랬다는 걸 두 사람은 모르는 듯했다. 어떻든 상관없다고 쇼타는 생각했다.

"시설은 어때? 학교에는 잘 다니고?"

노부요는 쇼타에게 웃어 보였다. 따뜻한 얼굴이었다.

"응. 국어 시험은 반에서 8등 했어."

"굉장하네."

노부요가 깜짝 놀라며 말했다.

"쇼타는 머리가 좋으니까."

오사무도 제 일처럼 기뻐했다.

"머리 잘랐어? 좀 보여줘."

노부요는 모자 벗는 시늉을 했다.

쇼타는 낚시할 때부터 알파벳 마크가 붙은 야구모자를 줄곧 쓰고 있었다.

마에조노에게 받은 것이었다.

"어서 보여줘봐."

오사무가 쿡쿡 어깨를 찔렀다.

쇼타는 모자를 벗었다. 매일 깨끗이 잘 씻으며 지내는 모양이었다. 예전과는 달리 깔끔한 앞머리가 이마에서 찰랑거렸다.

"완전 땟물 벗었지, 뭐."

오사무는 역에서 쇼타랑 만났을 때부터 내내 사용한 말로 또 한 번 쇼타를 칭찬했다.

"쇼타."

노부요는 정색하고 가만히 쇼타를 바라보았다.

"널 데려온 곳은 마쓰도에 있는 파친코 가게 주차장이야. 차는 빨간 비츠, 번호판은 나라시노."

쇼타는 말없이 듣고 있었다.

"어이……."

오사무는 놀라서 말을 잇지 못했다.

"마음만 먹으면 분명 진짜 아빠랑 엄마를 찾을 수 있을 거야."

한 달에 한 번꼴로 면회를 오던 오사무에게 작년 연말쯤 노부요가 "쇼타가 보고 싶어"라고 말했다. 린이랑은 아무래도 만나기 어려울 테니 쇼타라도 만나고 싶다는 의미일 거라고 오사무는 짐작했다.

"알았어. 어떻게든 해볼게."

그렇게 약속하고 오사무는 면회실을 나섰다. 시설이 어디인지는 알았기에, 거기서 다닐 만한 초등학교를 찍어 하교 시간에 교문에서 잠복하고 기다렸다. 사실대로 말하면 허가받을 수 없을 테니 시설에는 비밀로 하고 데려왔다.

"……그 이야기 하려고 쇼타를 데려오라고 한 거야?"

오사무는 노부요의 진심을 비로소 알아채고 힘주어 물었다.

"맞아…… 알잖아. 우리는 안 돼, 이 아이한테는."

노부요는 아이를 설득하듯 오사무에게 말하고 쇼타에게 시선을 옮겼다.

쇼타도 정면으로 노부요를 보았다.

쇼타는 노부요가 아름답다고 생각했다.

아니, 아름답다는 말과는 조금 다를지도 모르겠다. 하지만 그 눈동자와 입가에서 예전에는 없던 맑은 무언가가 느껴졌다.

노부요의 눈에 눈물이 고였다. 당장이라도 흘러내릴 것 같은 순간, 노부요는 "끝났습니다" 하고 교도관에게 알린 뒤 자리에서 일어났다. 두 사람은 말없이 노부요의 뒷모습을 배웅했다.

문 앞에서 노부요는 한 번 멈춰 서서 돌아보았다.

목소리는 들리지 않았지만 '안녕……'이라고 하는 듯 보였다.

오사무도 더는 노부요에게 말을 하지 않았다. 쇼타는 차마 옆에 있는 오사무의 얼굴을 볼 수 없었다.

✳

두 사람은 면회실을 나와 전철에 올랐다. 아무 말도 하지 않았다.

'안녕……'은 '안녕?'과 다른데. 쇼타는 생각했다. 그건 분명 '굿바이'의 의미였겠지.

창밖으로 흘러가는 도쿄의 하늘에 눈이 내리기 시작했다.

쇼타는 역에서 헤어질까 싶었지만 오사무가 사는 집까지 따라가기로 마음먹었다.

내내 말이 없던 오사무를 혼자서 돌려보내는 게 걱정되었기 때문이다. 두 사람은 조금씩 내리는 눈 속을 나란히 걸었다.

"눈 온다."

쇼타는 하늘을 올려다보았다.

"노부요가 눈 온다더니."

오사무는 예전에 다친 오른쪽 다리를 신경 쓰는 듯한 몸짓을 했다.

쥐고 있는 낚싯대가 얼음처럼 차가워서 쇼타는 몇 번이고 손을 바꾸었다.

둘은 편의점에 들러 컵라면과 고로케를 샀다.

셋집은 이층 건물에 전부 여덟 집이 있었다. 그중 세 집은 비어 있었다. 바깥 계단은 녹이 슬었고 난간이 기울어졌다.

"만지면 위험해. 망가졌거든."

계단을 앞서 올라가던 오사무는 뒤를 돌아보며 쇼타에게 주의를 주었다.


다다미 여섯 장 크기의 단칸방에 작은 싱크대와 조리용 가열기구가 있는 거실 겸 주방이 딸린 집이었다. 책상은 고사하고 아무것도 없으니 휑하니 넓어 보였다.

물을 끓여 컵라면에 붓고 뚜껑 위에 고로케를 얹은 뒤 삼 분을 기다렸다.

둘은 동시에 "땡" 하고 말한 다음, 먹기 시작했다.

"……이렇게 먹으면 맛있단 말이야."

"그치?"

"누구한테 배웠대?"

"……."

"어? 나였나?"

"응……."

오사무는 큰 소리로 웃었다.

"여기서 혼자 사는 거야?"

쇼타는 방을 둘러보며 물었다.

그 집과는 정반대였다.

"좁아도 욕조는 새 거야."

오사무는 자랑했다.

"우아……."

"이따가 들어갈래?"

"어쩔까."

"뭐야? 거절하지 마."

오사무는 억지로 밝게 행동하는 것 같았다.

아까 노부요가 말한 '안녕……'이라는 말이 쇼타의 마음 속에서 좀처럼 지워지지 않았다.

분명 오사무도 그럴 거라고 쇼타는 생각했다.

"자고 갈까?"

"……돌아가서 혼나는 거 아냐?"

오사무는 기쁨을 억지로 삼키며 그렇게 말했다.

"지금 가도 마찬가지야."

"그러네."

두 사람은 일부러 크게 소리 내어 면을 들이켰다.

밤늦게까지 계속 눈이 내렸다.

오사무가 담배를 피우러 복도로 나가자 도쿄라고 믿을 수 없을 만큼 새하얀 눈밭이 펼쳐져 있었다.

"쇼타, 이리 와봐."

담배 연기를 하늘에 뿜으며 오사무가 말했다.

이불 깔 채비를 하던 쇼타가 현관에 나와 문을 열자마자 "앗!" 하고 소리를 질렀다.

'엄청나다!'

입속에서 중얼거렸다.

"정말!"

오사무도 맞장구를 쳤다.

쇼타는 바로 계단을 내려갔다. 자전거 주차장 옆을 지나 마당으로 나가더니 오사무를 돌아보았다.

"눈사람 만들자."

말하기가 무섭게 쇼타는 눈밭에 쪼그려 앉아 눈뭉치를 굴리기 시작했다. 오사무는 컵소주 재떨이에 담배를 비벼 끄고 샌들을 끌며 따라 내려갔다.

고요했다. 멀리 구급차 지나가는 소리가 들렸다.

길 맞은편 건넛집의 나뭇가지에서 푸직 하고 커다란 소리를 내며 눈이 떨어졌다. 인적은 없었다.

뽀드득뽀드득 하고 둘이서 눈 밟는 소리와 눈뭉치가 점

점 커져가는 소리만 들렸다.

　세상에 단둘이 있는 것 같았다. 내내 함께 있으면 좋을 텐데. 쇼타는 생각했다.


　쇼타는 오사무와 한 이불에서 등을 맞대고 잤다.

　눈에 젖은 옷은 싱크대 앞에 매어둔 빨랫줄에 걸고 전기난로를 아래에 갖다두었다.

　어둑한 방 안에 난롯불만 오렌지빛으로 빛났다.

　이불에 들어간 지 삼십 분쯤 지나자 드디어 발끝에 온기가 돌았다. 쇼타는 등에서 오사무를 느꼈다.

　"벌써 자?" 하고 말을 꺼낸 쇼타와 동시에 오사무가 "잤어?" 하고 물었다.

　"아직……."

　쇼타가 대답했다.

　"내일 돌아가는 거지?"

　오사무가 확인했다.

　"응……."

　이 이상 복귀가 늦으면 시설에서 큰 문제가 될 것이다. 쇼타는 자신보다 오사무에게 민폐가 될 거라고 생각했다.

　"있지……."

　쇼타는 내내 신경 쓰이던 것을 떠올렸다.

"응?"

"다 같이…… 나만 두고…… 도망치려고 했어?"

오사무의 등이 뻣뻣하게 경직되는 게 느껴졌다.

"뭐 그랬……지. 그전에 잡혔지만."

"그렇구나……."

평소의 오사무라면 '그런 일은 없어. 너를 데리러 간 거야'라고 거짓말했을지도 모른다.

하지만 오사무도 아까 오후에 유리창 너머로 본 노부요의 마지막 웃는 얼굴이 내내 머리에서 떠나질 않았다.

"미안해……."

"응."

"미안."

오사무는 사과를 한 번 더 했다. 쇼타는 더는 대답하지 않았다.

"아빠…… 아저씨로 돌아갈게."

오사무는 금방이라도 울 듯 그렇게 말했다. 미리 생각해 놓은 말은 아니었다. 아까 눈사람을 같이 만들면서 처음으로 떠오른 것이었다.

한 번도 '아빠'라고 부른 적 없는데 그렇게 말하는 것 자체를 쇼타가 이상하게 여길지도 몰랐지만, 오사무는 쇼타의 반응을 기다렸다.

"응. 알았어."

쇼타는 등을 마주한 채 말했다. 두 사람 다 더는 아무 말도 하지 않았다.

이윽고 쇼타가 잠들었는지 조그마한 숨소리를 내기 시작했다. 오사무는 그 소리를 들으면서 아침까지 깨어 있었다.

잠들기 아까웠다.

널어놓은 쇼타의 옷은 바싹 말라 있었다. 빨랫줄에서 걷어 머리맡에 개어두었다.

쇼타는 깊이 잠들어 있었다. 오사무는 다시 한 번 이불에 들어가 누웠다.

같이 바다에 갔다. 같이 불꽃놀이도 보았다. 아니, 들었다. 같이 눈사람도 만들었다.

이것으로 충분하다. 더 바란다면 벌 받을 것이다. 오사무는 자신에게 그렇게 말해주었다.

새벽녘에 눈은 비로 바뀌었다.

'눈사람 녹아버리겠네.'

오사무는 그게 신경 쓰였다.


오전에 일어나 두 사람은 버스 정류장까지 걸었다.

두 사람 다 말이 없었다. 정류장에 나란히 서서 버스를 기다렸다.

다가오고 지나가는 자동차의 스노체인 소리가 울려 퍼졌다.

"죄송하다고 잘 말씀드리고."

참지 못하고 오사무가 말을 꺼냈다.

"응."

쇼타는 정면을 보며 말했다.

"억지로 붙들었다고 해."

"그럴게."

멀리서 버스가 보였다. 오사무는 어제 노부요처럼 쇼타에게 뭔가 말해주고 싶었다. 말하지 않으면 안 될 것 같았다.

"미안해…… 아저씨랑은 이제……."

제 입으로 아저씨라고 처음으로 말해보았다. 갑자기 머릿속이 새하얗게 되더니 그다음 말은 목구멍 깊이 가라앉아버렸다.

'이제 만나지 말자.'

그렇게 말하려던 순간이었다.

"일부러 잡혔어."

쇼타가 말했다.

"어?"

오사무는 되물었다.

"나, 일부러 잡혔어……."

쇼타는 한 번 더 말했다.

그것이 쇼타의 선함이라는 걸 오사무는 이내 깨달았다.

끝을 낸 것은 오사무가 아니라 쇼타였다.

'아저씨 잘못이 아니야.'

눈앞에 있는 소년은 그렇게 말하는 것이었다.

저 멀리 버스 경음기 소리가 들렸다.

'이별이다.'

오사무는 쇼타의 어깨를 두드렸다.

"그랬구나."

오사무는 옆에 서 있는 소년이 자기보다 훨씬 더 어른 같다고 생각했다.

외로우면서도 기뻤다.

버스는 한 번 더 경음기를 울리고 두 사람 앞에 정차했다. 쇼타는 아무 말 없이 버스에 올랐다.

"쇼타."

오사무는 작게 말하며 손을 흔들었다. 쇼타는 들리지 않는 듯했다. 차 안을 걸어 가장 뒷자리에 앉았다. 버스가 움직이기 시작했다.

"쇼타!"

다시 한 번 불렀다. 정신을 차리고 보니 오사무는 버스를 따라 달리고 있었다. 쇼타는 이쪽을 보지 않았다.

쇼타는 모자를 눌러쓴 채 고집스럽게 뒤를 보지 않았다.

뒤돌아 손을 흔들면 분명 오사무가 더 슬퍼할 거라고 생각
했다.

한참 동안 버스를 뒤쫓던 오사무의 의지는 신호를 세 개
지났을 무렵 말끔히 사그라들었다. 그때까지 기다린 뒤 쇼
타는 드디어 창밖을 돌아보았다. 등 뒤로 눈이 남아 있는 포
장도로의 가로수가 흘러갔다.


"……아빠……."


쇼타는 입속으로, 처음으로 그렇게 불러보았다.

버스를 뒤쫓던 오사무는 멈춰 서서 눈물을 흘리며 하늘
을 올려다보았다. 아이처럼 엉엉 소리 내어 울었다. 자신이
잃어버린 것의 거대함을 깨닫고 목 놓아 울었다. 오사무는
이제 어디에도 갈 곳이 없었다. 누구도 그를 기다리고 있지
않았다.


✳


아파트 단지 바깥 복도에서 주리는 혼자 놀고 있었다.

손등에는 다시 예전처럼 멍이 들었다.

조개껍데기가 잔뜩 든 '보물' 병을 옆에 둔 채 발치에 흩

어진 구슬을 하나씩 주워 모았다.

"한 놈, 두식이, 석 삼, 너구리……."

선반 너머 보이는 공장의 파란 지붕에는 어젯밤 내린 눈
이 그대로 남아 있었다. 그곳에 해가 들어 반짝반짝 빛났다.

"오징어, 육개장, 칠면조, 팔보채, 구구단, 십자가."

주리는 노부요가 가르쳐준 대로 십까지 세었다.

구슬 네 알이 아직 바닥에 뒹굴었다.

그다음에는 어떻게 세는지 주리는 알지 못했다.

"물어볼걸."

주리는 후회했다.

어쩔 수 없이 한 번 더 "한 놈, 두식이, 석 삼, 너구리" 하고
세면서 구슬을 전부 병에 담았다.

그때 누가 부르는 것 같은 느낌에 주리는 맥주 케이스 위
에 올라 난간 밖으로 몸을 내밀었다. 멀리까지 보려고 키를
한껏 늘였다.


난간을 잡은 손끝이 시렸다.

쓰레기장 옆에 작은 눈사람이 있었다. 누군가 달려오는 발
소리가 들리는 것 같았다. 주리는 난간 밖으로 몸을 쑥 내밀
었다.

시선 끝자락에 무언가 들어왔다. 주리는 난간을 잡은 두

손에 힘을 주고 숨을 한껏 들이마셨다.

누군가의, 목소리가 되지 않은 목소리가 흐린 겨울 하늘
에 울려 퍼졌다.

불러봐.

소리 내어 불러봐.

万引き家族

**옮긴이 장선정**

서강대학교와 홍익대학원에서 공부했다. 출판계에 입문한 이래, 주로 해외문학을 담당하는 문학편집자로 일하고 있다. 네코마키의 '콩고양이' 시리즈, 야마다 모모코의 《섹시함은 분만실에 두고 왔습니다》등을 우리말로 옮겼다.

**좀도둑 가족** 블랙&화이트 076

**1판 1쇄 인쇄** 2018년 8월 1일 **1판 1쇄 발행** 2018년 8월 13일
**지은이** 고레에다 히로카즈 **옮긴이** 장선정
**펴낸이** 고세규
**편집** 장선정 이승희 박정선 신종우 **디자인** 홍세연

**발행처** 김영사
**주소** 경기도 파주시 문발로 197(문발동) 우편번호 10881
**등록** 1979년 5월 17일(제406-2003-036호)
**구입 문의 전화** 031)955-3100 **팩스** 031)955-3111
**편집부 전화** 02)3668-3295 **팩스** 02)745-4827 **전자우편** literature@gimmyoung.com
**비채 카페** cafe.naver.com/vichebooks **인스타그램** @drviche
**트위터** @vichebook **페이스북** facebook.com/vichebook **카카오톡** @비채책
**ISBN** 978-89-349-8224-1 03830 책값은 뒤표지에 있습니다.

비채는 김영사의 문학 브랜드입니다.